魔力树

2 神秘桥

MAGICZNE DRZEWO
TAJEMNICA MOSTU

【波兰】安德奇吉·玛莱斯卡 / 著

李嘉欣 乌兰 / 译

重庆出版集团 重庆出版社

Magiczne Drzewo.Tajemnica Mostu

Copyright © by Andrzej Maleszka

This translation is published by arrangement with Społeczny Instytut Wydawniczy ZNAK Sp. z o.o., Kraków, Poland

Simplified Chinese translation copyright © 2016 by Chongqing Publishing House Co.,Ltd.

All rights reseved.

版贸核渝字(2014)第41号

图书在版编目(CIP)数据

魔力树.2,神秘桥/(波)玛莱斯卡著;李嘉欣,乌兰译.—重庆:重庆出版社,2016.5

书名原文:Magiczne Drzewo. Tajemnica Mostu

ISBN 978-7-229-10853-3

Ⅰ.①魔… Ⅱ.①玛… ②李… ③乌… Ⅲ.①儿童文学—长篇小说—波兰—现代 Ⅳ.①I513.84

中国版本图书馆CIP数据核字(2015)第318305号

魔力树2:神秘桥

MOLI SHU2: SHENMIQIAO

[波兰]安德奇吉·玛莱斯卡 著 李嘉欣,乌兰 译

出版策划:重庆天健卡通动画文化有限责任公司
联合统筹:重庆日报报业集团图书出版有限责任公司
责任编辑:邹 禾 许 宁 魏 雯
特约编辑:王伦航 李佳熙
责任校对:温雪梅
装帧设计:谢颖设计工作室

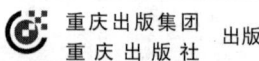

重庆市南岸区南滨路162号1幢 邮政编码:400061 http://www.cqph.com

重庆出版集团艺术设计有限公司 制版

重庆市国丰印务有限责任公司 印刷

重庆出版集团图书发行有限公司 发行

E-MAIL:fxchu@cqph.com 邮购电话:023-61520646

重庆出版社天猫旗舰店
cqcbs.tmall.com

全国新华书店经销

开本:787mm×1092mm 1/32 印张:7 字数:105千
2016年5月第1版 2016年5月第1次印刷
ISBN 978-7-229-10853-3

定价:24.80元

如有印装质量问题,请向本集团图书发行公司调换:023-61520678

版权所有 侵权必究

二〇〇〇年,瓦尔塔山谷刮起了一场骇人的暴风雨。暴风雨下了整整三天三夜。小动物们都吓坏了,藏到深深的洞穴中。轰隆隆的雷声连续不断,孩子们吓得用枕头蒙住了头。许多人家都停了电,屋顶也被大风卷走了。

第三天,闪电击中了小山上的一棵巨大的橡树。大树被雷劈开,轰然倒地。整座山谷里的住宅都震颤不已,而暴风雨也即刻停止了。

那棵橡树非同寻常。它可是一棵魔法树,拥有巨大的神奇魔力。然而当时谁也不知道。

人们把橡树运到锯木厂,把它锯成木板。木板被做成了上百件不同的物品,而每一件普通的物品中都隐藏着不为世人所知的魔力。从这些东西被运到商店那一天起,各种不可思议的事情出现在世界各地。

01

牛奶是一只白色的小猫,长着黑色的耳朵。它住在威尼斯,但它和那些在运河边游荡的威尼斯野猫不一样,牛奶爱它的主人。当约瑟夫出门后,小猫就看着钟表,等待着主人回家,有时候它还会用爪子抓钟表指针。牛奶可以原谅主人的晚归,但是必须让它待在它最喜欢的地方——约瑟夫的头顶。小猫趴在主人头顶上,就像一顶柔软的、发出呼噜声的帽子。

"这世界上牛奶最爱我了!"约瑟夫常常这样说。

最近小猫有点焦躁不安,似乎感觉到危险正在逼近,但是约瑟夫并没有发现,他太忙了。他手下的纪念品公司收到了一份奇怪的订单,一些疯狂的电影制片商想在威尼斯悬挂可口可乐的广告。为制造特殊效果,需要微型房屋和小人的模型,还需要威尼斯学院桥的模型,所有的模型必须和真品一模一样,只是要缩小一百倍。

约瑟夫将最后一个灯塔固定在小桥的模型上,为自己的杰作而惊叹。橡木制作的小桥模型看上去真是太棒了。

牛奶喵喵叫起来。

"喜不喜欢,嗯?"约瑟夫笑了,"我得来杯咖啡了,你吃点酥糖吧。"

约瑟夫跑到厨房去了,小猫满心期待地看着他,它最爱酥糖了。

之后,牛奶就爬上了约瑟夫搭建的小桥。

在那一刻,奇怪的事情发生了。小猫爬上桥时,小灯塔突然亮了起来,一会儿就点亮了整座桥!整个工作室都被那耀眼的光照亮了,甚至牛奶也像灯一样发起光来。

小猫疯狂地喵喵叫起来,脖颈上的毛都竖了起来。它爬过小桥跳到了桌子上,奇异的光芒瞬间消失了。

约瑟夫回来了。

"牛奶!到这儿来!"

"我给你拿了酥糖。"约瑟夫伸出手。

喵!牛奶大叫着抓挠约瑟夫,约瑟夫困惑地看着它,这可是牛奶第一次抓他!

"你这是怎么了?"

小猫看着约瑟夫,好像根本不认识他!好像忘记了他是谁!

约瑟夫尝试着把小猫抱起来。小猫却挣脱了他,跳到窗台上,然后跳出了窗户。

"牛奶!"

约瑟夫冲到窗边,他看到小猫跳落到一艘小船上,小船沿着运河正划过他家旁边。

"牛奶,快回来!"

可是小猫连身都没转,似乎突然间不再爱它的主人了。

约瑟夫迷茫地看着运河,小船划过后河水仍在荡漾,云影倒映其中。发生了什么……什么奇怪的事!约瑟夫仰望天空,惊讶地大叫。

他看见了飞翔的房子!不是气球,而是真正的房子正在云间飞翔。约瑟夫觉得似乎从遥远的天际传来呼救声:"救命啊!"但是不一会儿云朵就遮住了房子,呼救声也听不见了。

约瑟夫认为,刚才的一切只不过是他的幻觉。他穿上格子斗篷跑去找猫了。

02

"救命!"

"你们听见了吗?"

"什么?"

"有人在喊救命。"

"不可能。"

"救命啊!"

"真的有人在喊救命!"

爸爸妈妈冲到了走廊里,托西亚、菲利普和薇珂追着他们跑出去,甚至连库奇也离开阳台上观景的位置跑向爸爸妈妈。大家站在门边又听见了呼救的声音:

"救命!"

"我们去看看!"

菲利普抓住了门把手。

"站住。"爸爸拦住了他,"我和妈妈去看看,你们在这儿等着。"

"为什么我们不能和你们一起去?"

"因为这不安全。"

爸爸小心地打开门,冰冷的空气扑进走廊里。乌云从破碎的窗户滚滚而入。当爸爸妈妈走上台阶时,房子摇晃起来。一个罐子从墙上的洞里飞了出去,坠向大地。而大地已经远在几千米之外了。

库奇吓得闭上了眼睛,不敢看向那令人恐惧的深渊。

他们的房子从温奈克路拔地而起,直飞云端。被大风和魔法力量推动,房子一直在向南方飞行,但是他们无法停止房子。红椅子留在大地上,因此也失去了法力。

当法力使房子飞到空中的时候,墙壁出现了裂缝。

大风将广告墙上的ZU牌果冻广告吹了下来,那广告像个吊死鬼一样吊在绳子上摇来晃去,发出一阵阵阴森的咯吱声。

飞翔的房子每时每刻都有坠毁的危险!大家试着打电话呼救,但是电话在这样的高度无法接通。于是他们又抛撒呼救信,但是大风将信都吹散了,根本没办法求救。总之是毫无希望了。爸爸妈妈检查了一下有没有邻居和他们一起飞,可是他们发现住宅里空空如也。很显然,大家在房子开始飞天旅行之前就纷纷逃离了,或者从窗户里跳了出去。他们孤立无援地在房子里独自飞行,至少到目前为止是这样的情况。

呼救声再次响起:

"救命!"

呼救声是从下面传来的,是女孩子的声音。菲利普飞跑到门后,仔细地听着。

"她在一楼喊救命呢。"菲利普轻声说,"可是爸爸妈妈跑到阁楼上去了。"

菲利普看着托西亚。

"我们去看看?"

"可是……"

菲利普和托西亚小心翼翼地走上楼梯,库奇和薇珂跟在他们后面。

"你们在这儿等着!"菲利普叫道。

"我要去。"库奇坚持说。

"我也是。"薇珂叫道,"我是最大的!"

这可是真的。尽管薇珂只有八岁,但是不久前她还完全是一个大人。因为薇珂是个被施了魔法的女孩子。

他们小心翼翼地走上坏掉的楼梯。乌云通过墙上的破洞飘了进来,将他们团团围住,像章鱼潮湿的触手。

呼救声再次响起:

"救命啊……"

"呼救声是从波德拉克家传来的……"托西亚小声说,"那肯定是梅兰尼娅!"

"哦,不要!"菲利普叹息道,"为什么那只蠢松鼠也跟我们一起飞行啊……"

梅兰尼娅·波德拉克,外号叫松鼠,是邻居家的女儿。她十二岁,长着一头松鼠尾巴一样的红头发。学校里没人喜欢她,不知道为什么。菲利普尤其讨厌她。

托西亚撞击着波德拉克家的门,门被撞歪了几厘米,不知什么东西把门堵住了。菲利普冲过去用肩膀撞门。门一下子弹开了,菲利普摔进屋子。

"小心!"

屋子里的一块地板不见了,肯定是房子起飞时从空中掉了下去。风穿过地上的大洞吹了进来,可以从洞里看到正在远离的地面。菲利普爬向屋子里面,剩下的孩子们小心地走进屋子。

"喂!有人在吗?"托西亚喊道。

"救命!"

救命声从浴室里传出来,他们急忙跑到浴室。浴缸四脚朝天地躺在浴室地上,正是从浴缸底下传来了呼救声。

四个孩子一起使劲把沉重的浴缸抬起,一只细瘦的手伸了出来,然后是红色的头发,还有被毛巾包裹的身躯。这肯定就是梅兰尼娅·波德拉克了。

"松鼠,快出来!"菲利普叫道,"快点儿!我们抬不动浴缸!"

梅兰尼娅差点儿没爬出来,因为库奇一时手滑,浴缸咣的一声重重地摔在了瓷砖上。梅兰尼娅无意识地四处瞧着,可是看不怎么清楚,她是个近视眼,而且没戴隐形眼镜。"托西亚,出了什么事?"她轻声说,"我正在洗澡,可是房子突然间摇晃起来,浴缸扣了过来……我在里面坐了一整天呢!我妈妈呢?"

"你妈妈好像没跟我们一起飞。"

"什么叫……飞?"梅兰尼娅迷茫地问。

托西亚不确定地看着她,思考着该如何巧妙地解释当前的处境。处境并不妙,菲利普警告说。

"简而言之,房子飞到了天上,而且不知道会飞到哪里。我们没法降落,因此我们可能会饿死,也有可能房子提早就散架了,那我们就会摔成碎片。这两种情况也没什么不同——总之结果不太乐观。"

梅兰尼娅目瞪口呆地看着他,然后跑到窗户边去了。

"小心啊!"其他孩子大叫道。

太迟了。近视眼的梅兰尼娅没能看见地板上的洞。她绊了一跤便坠入了万丈深渊。

梅兰尼娅一直运气都不太好。

孩子们吓坏了,急忙跑到洞边。他们肯定梅兰尼娅是掉下去了,在云间坠落,但又看不见她。突然他们听见一声呼救。

"救救我!"

孩子们又向外探了探身子。

巨大的"嚼一嚼"软糖广告牌,挂在飞屋下面的电线上,在房子下面十米的空中摇来晃去。大家都很讨厌这广告牌,广告里的模特是热戈热尔卡,而现在那愚蠢的广告牌却救了梅兰尼娅的命。"松鼠"抓住了广告牌的边沿,在房子下面摆来摆去,就像是闹鬼的钟摆,正拼了命地尖叫。

"她就要掉下去了!"托西亚惊恐地叫着,"库奇! 快去叫爸爸妈妈! 快点!"

库奇和薇珂跑上阁楼,菲利普在洞口的边缘摇摇晃晃。

"我去救她!"

"你会掉下去的!"托西亚叫道。

可是他们没时间讨论。菲利普抓住挂广告牌的绳子,他纵身一跳,沿着绳子滑了下去,正落到梅兰尼娅身边。

"松鼠!"菲利普在风中大喊。

梅兰尼娅转过脸,用惊恐的眼睛瞅着菲利普,然后她紧紧抱住菲利普,像小孩子一样。她的长头发蹭到了菲利普脸上。

菲利普低头一看,透过层层云雾,看见遥远的地面是那

么恐怖,如果掉下去也要半个小时,落到地面上恐怕要摔成浆糊了。

"梅兰尼娅,你一定要爬上去。我帮你!快!"

"我会掉下去的!"

"不要害怕!我会保护你的!"

可是梅兰尼娅紧紧抱住他,一动不动。

"梅兰尼娅,快!否则我们两个人都会摔死。求你了!"

梅兰尼娅放开菲利普,开始向上爬。幸运的是,她的胳膊很有劲。她迅速地向上爬行。但是绳子很滑,她爬到一半就停住了,开始往下滑。菲利普拽住她的胳膊。

"抓住!梅兰尼娅,马上就爬上去了!"

梅兰尼娅重新开始使劲地爬。阴沉的冬天里大风在呼啸,广告牌上模特傻笑着。菲利普觉得他再也不会吃这见鬼的软糖了。他们终于爬到了洞口。

"还有一米!"托西亚喊道。

她伸手去拉菲利普,但是菲利普叫道:"去拉梅兰尼娅!"

托西亚抓住梅兰妮娅的手,帮她爬了上来。菲利普用尽最后的力气爬上了洞口,进入了房间。他精疲力竭,靠在墙上喘着粗气。

梅兰尼娅走到菲利普面前,她久久地看着菲利普,最后轻声说:"谢谢你,菲利普。"

然后,她昏倒了。

梅兰尼娅盖了七层毯子躺在沙发上,尽管如此,她仍然冷得发抖。在她旁边的椅子上坐着瑟瑟发抖的菲利普。菲利普说他并不冷,但是他的牙齿咯咯作响,如同打击乐器。妈妈给他们煮了茶——她用蜡烛加热了水壶。

"如果蜡烛用完了,我们就只能喝冷水了。"妈妈叹了一口气。

"如果水也喝完了呢?"托西亚忧虑地问,"我们喝什么呢?"

"我们可以接雨水。"

"我们接不到雨水,因为我们在积雨云上面飞呢。"薇珂一本正经且实事求是地说,"雨只会在我们下面下。"

梅兰尼娅睁开了眼睛,她脸色苍白。

妈妈马上递给她一杯茶。

"梅拉,把茶喝了,吃片阿司匹林。"

"我不能吃,我对阿司匹林过敏。"

"真不好意思,我没有其他的药了。感觉好点儿没?"

"好点儿了……现在只是头晕。"

"那是因为房子晃得很厉害。"

梅兰尼娅朝着妈妈挪了挪。

"阿姨,我们不是在做梦吗?我们真的在飞吗?"

"是的。"

"我们都要死掉吗?"

"不要害怕,我们肯定能想办法降落的……把茶喝了,你太冷了!"

梅兰尼娅拿起热水抿了一口。爸爸走了进来,手里提着装满矿泉水的大篮子,他叫妈妈来帮忙。"卡夏,帮帮我!我们必须把房子里所有的冰箱找一遍,得把所有的食物和水收集起来。库奇呢?"

"他在阳台坐着呢。"薇珂说,"他在等……"

"等什么?"

"等红椅子,他觉得红椅子会飞来救我们。"

"嗯,不错。他最好有点事做。只是要小心,不要摔倒了。"

托西亚跑向爸爸。

"爸爸,你觉得红椅子真的能够救我们吗?"

"我不知道,托西亚。我真的不知道。"

爸爸抱了抱托西亚,之后他提着大包和妈妈一起去找食物了。

梅兰尼娅掀掉毯子跑向菲利普。

"告诉我到底是怎么回事儿……"

"什么?"

"我们为什么在飞?这一切到底是怎么发生的?"

托西亚和菲利普面面相觑,红椅子的魔法是个秘密,谁也不许说出去。

"我们没法给你解释。"

"我发誓,绝不把秘密说出去。"

这绝对是事实,在学校里面"松鼠"没有一个朋友,她根本没法把秘密告诉任何人。

"也许我们可以告诉她。"托西亚悄悄告诉哥哥,"让她和我们一起飞。"

"好吧,你可别又昏倒了。"菲利普坐到梅兰尼娅旁边去,"这可是魔法,你知道吗?"

"魔法?"

"我们有一件魔力强大的物品,它可以满足我们的所有需要,它完全听命于我们。"菲利普没说出红椅子的秘密,"我们不小心提出了一个愚蠢的请求,然后房子就飞起来了。然后我们就只能在天上飞着,无法降落。"

"为什么没法降落?"

"因为那件有魔力的物品现在在地面上,因此我们没法终止魔法。"

托西亚以为梅兰尼娅又要昏倒了,但是她兴奋地说:"简直就像电影一样!"

"是啊,但是电影里面演员不会真的死掉啊,可是我们会。"

"你们能求助吗?"

"电话坏了。"

"我们也许可以用镜子反射SOS信号。"梅兰尼娅说。

托西亚以为菲利普会嘲笑她,但是他认真地看着"松鼠"。

"这想法不错。"

他们从浴室里拿出了镜子。菲利普探出窗口,调整镜子反射阳光,向地面发出讯号。"松鼠"在镜子前面挥手。镜子闪三次短光,三次长光,再闪三次短光。闪光的意思是:"救命。"

"没有人会看见的。"托西亚说。

"天上云彩太多了。"

云越聚越多。托西亚害怕地注意到,云彩的颜色发生了变化,不再是之前的白色,而是变成了黑色,让人联想起野生怪物。远远地传来了雷声。"风暴就要来了……应该去叫库奇。"

库奇站在阳台上,手拿望远镜看着天空,他很确定红椅子马上就要向自己飞来。红椅子从千里之外飞来显然很困难,但是肯定会飞来的。库奇非常确定。

"库奇,快从阳台上下来!"托西亚叫道。

"我想在这儿等一等。"

"你不能待在那儿,风暴就要来了。"

话音刚落,天上又传来一阵雷声,这次雷声更近了。

黄昏时黑云布满了天空。风愈刮愈大,飞翔的房子如同着魔的秋千一般,摇晃不止,雷声阵阵不停,闪电从天上劈到地上,在云间闪耀。

地平线上一片电光闪烁,远远望去,令人惊骇。妈妈放下窗框,遮住了窗外恐怖的景象。大家在静默中吃完了晚饭,耳边是轰隆的雷声。狂风大作,飞翔的房子嘎吱作响,似乎马上就要被撕成碎片。不断地有东西砰砰碎裂。最后,爸爸开始弹钢琴,以盖住这不祥的噪声。梅兰尼娅坐到菲利普旁边。

"你害怕吗?"她轻声问道。

"有一点……"

"在现在这样的情况下,所有人都会害怕。你已经很勇敢了。你冒了这么大的风险来救我……否则我肯定就掉下去了。"她凑近菲利普悄悄地说,"你知道吗？如果我们获救了,我就把整件事情画成漫画。你就是其中最勇敢的英雄……"

她的话被雷声打断。闪电从房边劈过,砖头砰的一声砸在了地上,泥灰纷纷落下,覆盖了钢琴。梅兰尼娅紧紧握住菲利普的手。爸爸停止了演奏,从椅子上跳了起来。"跟我来!"大家向爸爸跑去。

"大家听好了,我们必须收集所有的织物。床单、桌布、手巾,所有的!"

"为什么？"

"我们要缝降落伞。"

"你想让我们从这个高度跳下去？"妈妈害怕地叫道。

"可能没有别的办法了。"他转向库奇和薇珂,"你们去准备针线。我们要缝一整夜。"

又响起了一声雷,房子摇晃起来。

"我们必须赶紧缝降落伞。"托西亚严肃地说。

他们已经缝了将近五个小时,手指都缝得酸疼了。梅兰尼娅缝得最好,她缝得非常快。

"你从哪儿学的缝东西啊?"托西亚惊讶地问道。

"无师自通啊,因为生病时太无聊了。"梅兰尼娅经常因为心绞痛不能去上课,"给我,让我给你缝完。"

"松鼠"从菲利普那里拿来降落伞,开始快速地缝。菲利普松了一口气,放下了针。

"我觉得,用这个我们没法降落。"

薇珂轻声说,看着手缝的降落伞:"真正的降落伞是用超强材料制成的。"

"别担心。"库奇平静地说。

"它肯定可以让我们安全降……"

一声巨响打断了他的话。

"闪电击中了房子!"

菲利普大叫道。

房子疯狂地摇晃起来,所有人都摔倒在了地板上。

"爸爸!"

房子像沉没的泰坦尼克一样,整个地倾翻了。

角落里的钢琴向墙边滑去,如同炸弹一般把墙撞成碎片,飞了出去。

大家都跟着滑了出去。他们绝望地想抓住什么东西,但是房子整个地倾斜,地板如同峭壁一般陡峭。狂风将所有人从墙上的大洞中卷走,他们向地面坠落。乱成一团的降落伞却留在了房子里。

他们在空中下落,无奈地摇动着双手。在他们头顶,一道道闪电劈开天空,他们像石头一样坠下,地面越来越近,快得惊人。他们就要摔得粉身碎骨了。

就在这希望全无的时刻,库奇突然看见了什么。在西边的天际有一个小点儿。红色的小点儿!只有库奇看见了,因为其他人都是面朝大地坠落的。库奇大声喊叫着,但是在狂风之中没有人能听见他的叫声。红色的小点不断变大,在闪电的光照下已经可以看清形状了。红椅子正向他们飞来!越来越近,库奇努力地寻找着。

"快一点!快一点!"

他低头看看地面,发现地面越来越近,令人恐惧。但这个时候,椅子开始加速飞行,好像用尽最后的力量穿越狂风。已经非常近了,离库奇只有几米的距离了。库奇用尽浑身的力气一翻身,抓住了椅子背,使劲抱住了椅子。在抓住椅子的一瞬间,他感受到一阵战栗,那是超能力的感觉,每次他触碰红椅子的时候,都能感受到。

现在库奇必须马上说出自己的愿望。这次可绝对不能出错了。这个愿望可是性命攸关的大事。库奇倒数了五秒钟,三……二……"我知道了!"他大叫道,"我希望,我们都安安全全地待在家里!"

一道闪电从他们上方闪过,一切都消失在耀眼的白光中,一片寂静。

大家慢慢睁开眼睛,疑惑地看着四周,他们都躺在自己房间的床上,爸爸两腿发抖地站起来跑到窗边。一切照旧。房子在街边。温暖的夜里,鸟儿正在窗口的金合欢树上歌唱。

红椅子静静地立在屋子中间,恐惧消失了。妈妈用尽全力拥抱孩子们,好像还在害怕孩子们会有危险,因为大家什么都没忘记,所有发生过的事都记得。

好长一段时间,没有一个人开口说话。突然妈妈猛地站起来,跑向红椅子。她坐到椅子上,用洪亮且清晰的声音说道:"我要命令你,再不许满足我们的愿望。我命令你,再也不听从我们的指令!所有在这间屋子里的,任何人的都不行!"

"妈妈,不要!"孩子们大叫道。

但是妈妈继续下令:"我们不想要任何魔法了,不准再满足我们的愿望了,一个也不,再也不!"

妈妈从红椅子上站了起来。

"妈妈,你这是干什么呀!"库奇失望地叫道。

"这样好一些。我们终于能过平静、正常的生活了,不会再有危险了,不能再这样疯狂下去了。现在你们去睡觉。"

她把灯关掉了。

第二天一早大家醒来时心情都很糟糕。他们心中徘徊着一个想法,魔法消失了,再也无法拥有了!奇迹的时刻结束了。他们再也不能进行那些惊奇的冒险了,再也没有了。

当然,他们也秘密地尝试过让红椅子重新发挥魔力,但是它再也不听从他们的命令,变得普普通通、死气沉沉。

吃早饭的时候和去学校的路上大家都很沉默。

在路上他们碰到了梅兰尼娅的妈妈。她说她做了一个愚蠢的梦,梦见房子昨天飞了起来。另一个邻居从窗户探出身来说,这很好笑,因为他做了同样一个愚蠢的梦。他们都带着一点不确定笑了起来。

妈妈松了一口气,告诉孩子们,如果有人看见了飞屋,就告诉他们这是一个梦。

在学校里梅兰尼娅看着同学们,但是大家都避开她。直到课间的时候她才去找菲利普,她悄悄问他:"我们……没怎么样吗?"

菲利普看起来像没听懂一样。

"什么怎么样?"

"嗯,就是在魔法发生的时候……"

"什么魔法?你不过做梦而已!"菲利普飞快地说。

"菲利普,我知道,但是这都是真的。我永远不会忘记,

你救了我。"

"我救了你？可能么，松鼠，你疯了吗？快走开！"

菲利普跑去上课了，他没有看见梅兰尼娅非常的伤心。

菲利普、薇珂和库奇一起从学校回来时都沉默无语。

他们不想说红椅子的事情。

在家门口他们看见一个小男孩在玩遥控直升机，库奇和菲利普羡慕地看着银色的飞机模型在ZU软糖广告牌前做着特技飞行，他们经常梦想拥有这样一架小直升机。

库奇叹气说："菲利普……如果我们还有红椅子，它能给我们变出直升机，是吧？"

"可是我们已经没有了……"菲利普抱怨说。

"其实……"

"别说了！真烦！"

菲利普一脚踢飞了一个旧盒子，盒子飞到软糖广告牌那么高。

库奇理解哥哥，他和自己一样，十分恼怒。

妈妈在家里按计算器，往卡片上写着什么。

"库奇……去商店把我写在卡片上的东西买回来。"

"我能去买个冰激凌吃吗？"

"不行。"

"为什么？"

"我们没钱了。"

库奇想说,如果取消魔法禁令的话,他们将有很多钱,但是他忍住没说。

在商店里他遇到了梅兰尼娅。

"你好,库奇。"

"你好,松鼠。"

"你想吃冰激凌吗,库奇? 想不想吃?"

"嗯。"

"什么味的?"

"柠檬味的。"

他们一起回家,梅兰尼娅帮他提购物袋。库奇吃完了柠檬冰激凌,看了梅兰尼娅一眼。他觉得梅兰尼娅好像有事问他。最终在家门口,她问道:"库奇,告诉我……菲利普真的不喜欢我吗?"

"我不知道。"

"那,你怎么想? 你觉得他讨厌我吗? 告诉我。"

"我不知道。"

梅兰尼娅叹了口气。

"把这个给菲利普,好吗?"

她给了库奇一个本子,上面写着"(漫画)超人菲利普,作者梅兰尼娅·波德拉克"。然后她跑回了自己家。

"把它扔到垃圾桶里。"菲利普说,他一眼都没看那本漫画,"我才不想看那蠢松鼠画的画呢!"

自从妈妈取消了红椅子的魔法之后,菲利普情绪一直不好。他想把漫画扔到垃圾桶里,但却没扔进去。漫画掉在了地板上。"我去操场了,别跟着我。"

他拿起球走了出去。

库奇捡起漫画。他打开漫画,惊讶极了。松鼠画得好极了,可以从画里认出每一个人。她把菲利普画得最美,其他人也画得不错,画得最差的却是她自己。在画里她比较高,有长长的头发。在漫画的最后,超人菲利普拯救了所有人,然而事实却是库奇救了大家。

"她爱上菲利普了!"

库奇正看着,在他身后的小薇珂也在看。

"梅兰尼娅爱上菲利普了!"她说。

薇珂又强调了一遍:"肯定的!"

库奇耸了耸肩膀。

"你是疯了吧。有哪个女孩会爱上菲利普!爱上他会倒霉的!"

库奇真的觉得不会有人会爱上他那讨厌的哥哥。

然而小薇珂却无比肯定。

梅兰尼娅陷入了爱河。

她画了几百张图,每张都有菲利普。

菲利普救了她,菲利普是图画里的大魔法师,菲利普是与怪兽搏斗的战士。

在一张图里她画了菲利普和她自己,他们一起坐在洒满月光的屋顶上。薇珂最喜欢这一张。

梅兰尼娅的妈妈往屋里看着。

"你在干什么?"

"我在画画。"

"你为什么不去练琴?你周六要演奏,你忘了吗?"

梅兰尼娅在音乐学校上课,但是她不喜欢弹钢琴,她喜欢画画。但是妈妈却硬要让她去弹钢琴。"给我看看你画的什么。"

梅兰尼娅摇了摇头,马上把图画本藏到抽屉里面。妈妈厉声说道:"你怎么了?"

"我头疼。"梅兰尼娅撒谎说。

"那就赶紧去睡觉。"

当钟表敲响十点钟时,梅兰尼娅仍然睁着眼睛,她静静听着从天花板传来的声响,因为她房间之上刚好是菲利普(和库奇)的房间。她边听边想着菲利普现在在做什么。

她感觉到从天花板传来一阵奇异的魔法能量。

然而此时菲利普早已经睡着了,可是库奇却睡不着。他仍然想着红椅子,想到红椅子再也不能发挥奇妙的魔法,简直如同夺去了它的生命一般。他感到非常伤心,也感到孤独和思念,犹如他心爱的仓鼠死去一般。最后,库奇把被子盖在头上,想快快睡着。这时他听见一阵轻声细语,一阵沙沙声。他转身看看红椅子,椅子正在动,真的……椅子在动!红椅子撞到写字台上,有什么东西掉下来。库奇跳下床,跑到红椅子旁边,看见梅兰尼娅的漫画掉在地上。

"怎么回事儿?我能做什么?"库奇轻声问。

红椅子跳动了一下,漫画书打开了。库奇看看漫画,看见那一页上画着松鼠正坐在地板上,缝降落伞。

"这是什么意思?"

突然间,库奇恍然大悟。

"我知道了!知道了!"

他跑向睡着的菲利普,拽他的被子:"菲利普,快起来,快!"

"让我睡觉!"

"菲利普!"

"走开,我要睡觉。"

菲利普翻了个身,用被子蒙住头。

"好吧。"库奇轻轻说,"我自己来。"

第二天,他到学校找梅兰尼娅。

她正像往常一样孤独地坐在楼梯上画画。

"梅兰尼娅,五点在学校门口等一下。"

她惊讶地问道:"菲利普想见我吗?"

"不是菲利普。是我。"

梅兰尼娅有点儿失望。但是她说:"好吧,库奇。我一定来。"

③

库奇决定秘密执行自己的计划,他的兄弟姐妹都不知道。但是当他把红椅子放到自行车行李架上的时候,他听见有人说话:

"你在捆什么呢,库奇?"

小薇珂站在阳台上。

没办法了,库奇只能让她加入秘密计划。

他们一起去见梅兰尼娅。

梅兰尼娅在学校门前等待着,正在和一只叫布德尼娅的小狗玩耍。小狗的主人是学校管理员。

"你好啊,库奇!你好,薇珂!"

"过来,松鼠……我们必须隐藏起来!"

他们把椅子藏在学校的花园里,藏在爬满玫瑰花的灌木丛中。他们还用毯子把红椅子包了起来。

"菲利普有没有告诉你我们有一件有魔力的宝物?"

梅兰尼娅摇了摇头。

"你想看看吗?"

"当然!"

库奇揭开毯子。红椅子在阳光下闪着光。

梅兰尼娅有点失望。

"我还以为是戒指或者是护身符呢。"

"它的魔力要比戒指和护身符大多了呢!"

"但是我们现在没办法发挥它的魔力了。"库奇说道。

"为什么?"

"因为它的能力被禁止了,我们家中没有任何人能再使用它的魔法了。"

"菲利普也不行?"

"他也不行。"库奇凑近梅兰尼娅,小声说,"但是禁令并没有禁止所有人,明白吗? 你还可以发出指令。"

"我?"

"对,你可以为我们发挥魔力。你愿意吗?"

松鼠激动地看着他们。

"我愿意! 我可以为你们做什么?"

"你先坐在椅子上。"

梅兰尼娅马上坐下了。

"感觉好奇怪啊……"她嘟哝了一句。

"你不要晕过去啊,因为这个可是非常神奇的魔法……"

"会疼吗?"

"不会。说'我要500元'。"

梅兰尼娅用颤抖的声音说:

"我……要……500元。"

有一会儿什么都没有发生,之后从垃圾箱里跑出了一只布丁色的小狗,嘴里叼着一只盒子。它把盒子放在梅兰尼娅面前就跑开了,盒子里有五张百元大钞。

"这是假的!"梅兰尼娅大叫,"你们肯定是训练好了小狗,让它把钱拿来而已!"

"这是魔法。"

"我才不信呢!"

"那你说,我要天下雪。"

梅兰尼娅重复了这句话,天上马上飘起了雪花,不一会儿雪就把花园覆盖了。库奇其实并不需要雪,他只是想证明这不是假的。

梅兰尼娅看着雪花,非常着迷。

"真神奇!"

"玫瑰花要被冻死了!"薇珂大叫道,"梅兰尼娅,快让雪停下!"

"可是要怎么办?"

"一样的! 你只要下令,让雪停下就可以!"

"雪快快停!"梅兰尼娅大叫。

雪立刻停了,太阳出来了。

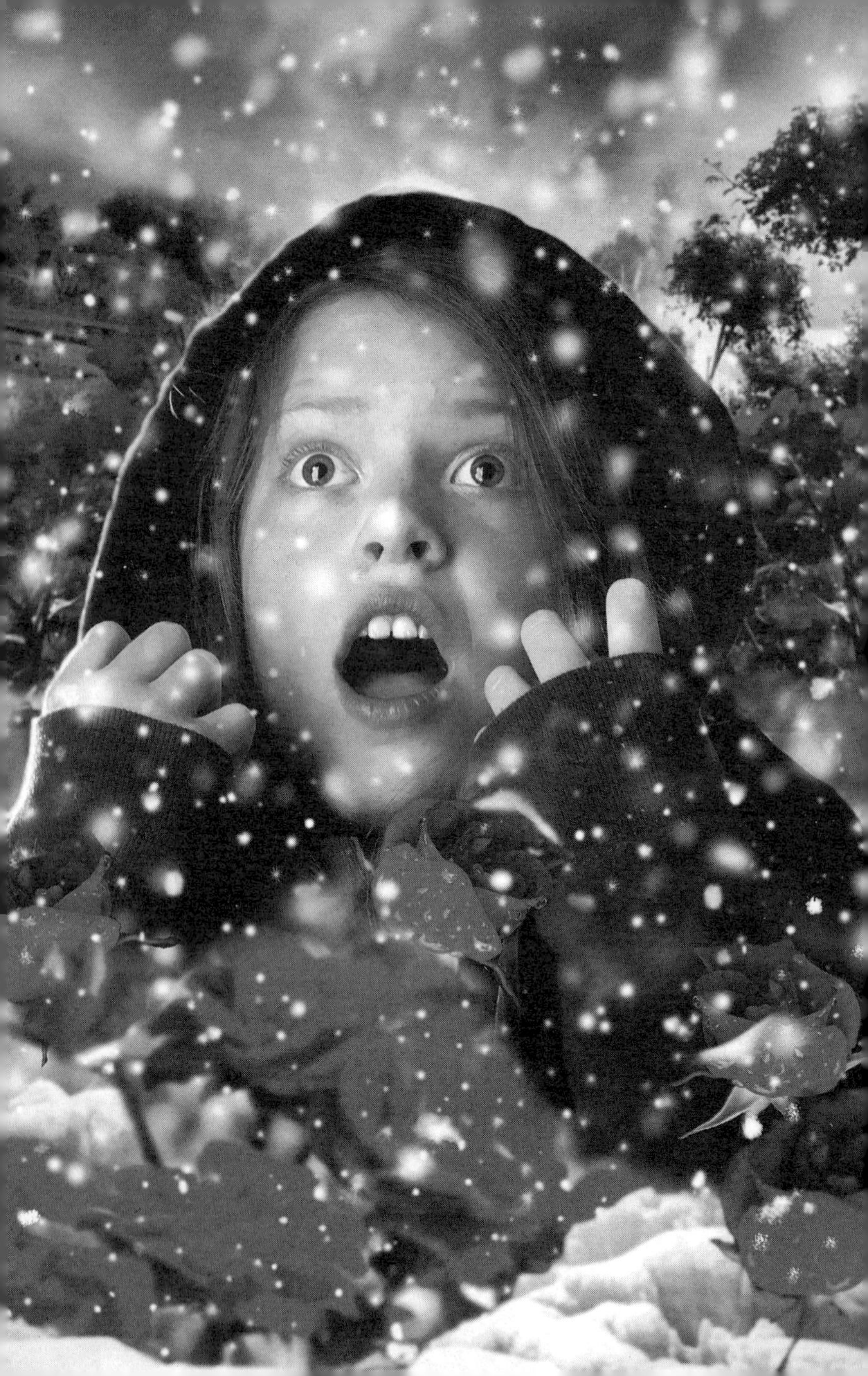

梅兰尼娅摸摸脸颊,脸上的雪片也融化了。

"真是不可思议……太神奇了!"她轻轻说。

"看到了吧!"库奇骄傲地说,"这可不是什么戏法。"

"你们能让我自己许愿吗?"

"不行。只能我们许愿!起来吧。今天已经足够了。"

晚饭的时候库奇跑到厨房,嚷道:

"妈妈,我捡到500块钱。"

"什么?你在哪儿捡的?"

"在床底下。"库奇撒谎说。

妈妈高兴地叫了起来。

"真是太走运了!"妈妈十分高兴,"我们现在正需要钱付房费呢。"妈妈亲了亲库奇,"小兔子,你真棒!"

"没事。"库奇谦虚地说。

库奇朝薇珂眨眨眼睛。

菲利普怀疑地看着他们,但是什么都没说。

从那天开始,梅兰尼娅帮他们变出不同的东西。例如金钱,或者家用物品。晚上,库奇把用魔法变出来的钞票放到爸爸妈妈的钱包里。薇珂则偷偷地把各种食品塞到冰箱里。"真是奇怪了。"托西亚说,"我记得昨天我们就把最后一个橙子吃掉了,可是现在怎么又冒出来五个?"

"这事不对劲。"菲利普说,"早上没有酸奶的,现在却有三大盒。"

最后,库奇和薇珂改变战术,改口说,是在大减价时买的。

"什么?"托西亚在库奇和薇珂购物回来时很惊讶,"你们怎么可能用20块钱买了这么一大堆东西?这不是神了?"

"大减价嘛。"库奇平静地说。

"你得好好学学如何购物。"薇珂说。

在施魔法的时候,梅兰尼娅总是问:"菲利普想要什么?"她经常特意为他变出一些饮料或者游戏,但是这很冒险,因为菲利普越来越怀疑了。"什么?你在马路上捡到游戏碟!"他非常惊讶地看着最新版的《巨龙星球》。

"嗯。"库奇一副无辜的表情,"肯定是有人丢了。"

"你在撒谎吧。"

"你到底想不想要?要不我给别人?"

"给我……"

"我们必须把一切说出来。"库奇说,"我是说告诉托西亚和菲利普。"

"最好不要。"薇珂嘟哝说,"知道的人越少,越容易保守秘密。如果爸爸妈妈知道了椅子的事,一切都完了。妈妈肯定会烧了它或者毁掉它。另外,你知道……"

"什么?"

"现在是我们来决定怎么办。但如果说出来,菲利普和托西亚就会决定一切。"

"可是我们总要说的。"

"会的,但是不是现在。"

有几次秘密差一点就泄露出来了。最危险的一次是,妈妈让他们去买苹果,但是他们不想去水果店。因此他们去找梅兰尼娅,让她施魔法。

"要我变什么?"

"几个苹果。"

"什么样的?"

"嗯……你就说我要各种苹果就行。"

梅兰尼娅说完愿望,魔法马上起效。

首先他们听见厨房的柜子里发出奇怪的响声,家具开始跳动起来,砰砰作响,好像马上就要爆炸了一样。

轰!柜子门爆开了,苹果如同一条洪流,滚滚而出。有上千个苹果。很新鲜,红色的、青色的、金黄的、斑点的,应有尽有。

苹果的洪流马上充满了整个厨房,马上就要堆到屋顶了。

他们惊恐万分,逃到走廊上,而且忘记了要把椅子藏起来,苹果山把椅子完全盖住了。正在这个时候门铃响了。他

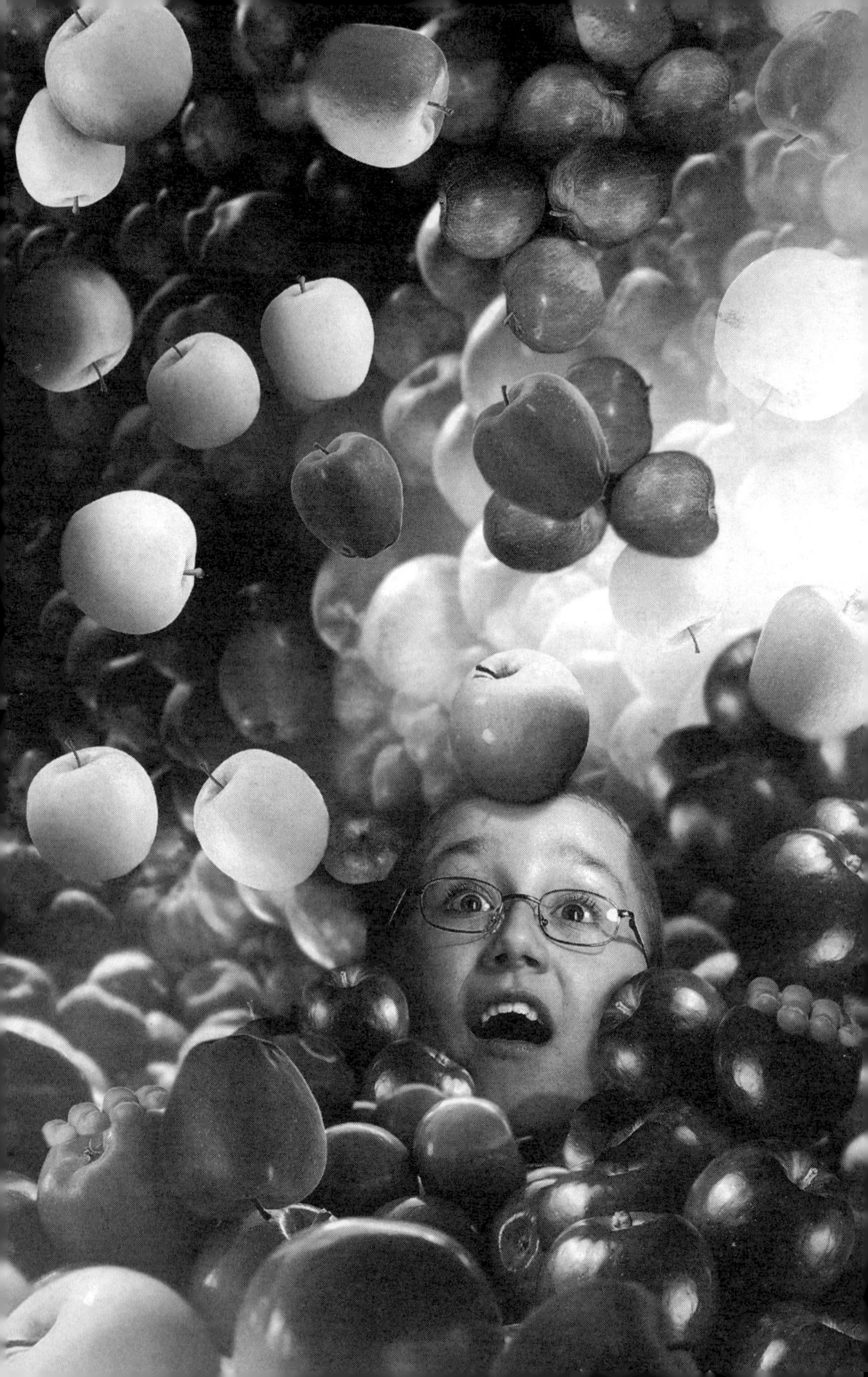

们听见妈妈的声音:"库奇!快开门。我的钥匙找不到了。"

"妈妈下班回来了!"库奇恐惧地叫道。

"库奇!薇珂!你们快开门呀!"妈妈叫道。

很明显现在不能让她进来,如果妈妈看见这苹果山,一切就都暴露了!

必须取消魔法。他们回到厨房,开始在苹果山里找红椅子。"库奇,快开门啊……"妈妈在门外叫道,"我包很重的!"

此时库奇、薇珂和梅兰尼娅疯狂地翻着苹果,想找到红椅子。果汁从被挤烂的苹果里溅出来,沾到他们的脸上。

"库奇!薇珂!你们到底在干什么?"妈妈叫道,"赶紧开门!"

正在这时,传来另一个声音,是梅兰尼娅的妈妈!

"屋里怎么回事?你们这些小孩在干什么?梅兰尼娅!你在里面吗?"

就在这个关键的时刻,薇珂叫道:"我看见椅子了!在那儿!"

在绿色的苹果中间,露出了红椅子。他们费力翻着苹果,想去抓椅子,同时也响起了钥匙开锁的声音,显然妈妈找到了钥匙,马上她就要到厨房了,就会看到这成山的苹果!一切就都暴露了!

突然,他们奇迹般地从苹果山上滑到椅子上。梅兰尼娅正好坐在椅子上。

"喂！你们在哪儿？"妈妈从走廊喊道。

"快说！快点儿！"库奇小声说。

梅兰尼娅说道："苹果快快消失！"

苹果迅速消失了，如同旋风把它们卷走了一般。当妈妈走进厨房时，一个苹果也不剩了。只有味道还在空气中。孩子们一脸无辜，妈妈则一脸怀疑地看着他们。"怎么有一股苹果味儿？"

"香水！"薇珂马上说，"我用青苹果香水。"

"什么？你怎么还用香水？"

这时，梅兰尼娅的妈妈走进了房间。

"梅兰尼娅……马上回屋去。听见没？"

梅兰尼娅出去了，边走边擦着脸上的苹果汁。

库奇还听见她妈妈说："你不是说过，以后不去找他们了吗？不准和这些小孩儿玩，明白吗？"

更加严重的打击发生在六年级数学考试之后。

测试结束后梅兰尼娅去找菲利普，怯生生地问道："你考得怎么样？"

"考砸了呗。"菲利普咕哝道。

"你确定吗?"

"确定。可是你为什么这么关心?这是我的事情。"

"其实……我就是好奇,你考得怎么样?"

菲利普耸了耸肩膀,走出了教室。

梅兰尼娅快步跑到库奇那儿,他正在餐厅喝牛奶。

"库奇,过来!"梅兰尼娅气喘吁吁地叫道。

库奇放下牛奶杯,问道:"怎么了?"

"菲利普数学考试考砸了。"

"因为他太懒了。他不想学习。"

"我们得帮帮他。"

"帮菲利普?"

"对!我们必须施魔法帮他。"

"绝对不行。这太不安全了,也不诚实!"

"但是不能让菲利普得零分啊。我们必须要帮他。快来。"

梅兰尼娅拉起库奇的手:"等等……让我喝完牛奶!"

"你边走边喝!"

他们火速跑回家,找到了红椅子,然后又飞速返回学校。

"你想怎么帮他?考卷可在老师那里!"库奇气喘吁吁地问。

"我们悄悄溜进老师的房间里去。"

"如果他们抓到我们,我们就要被开除了!"

梅兰尼娅想了想,说:"我知道了!这么做。"

她转过身叫道:"布丁!好狗狗!过来!"

毛茸茸的小狗跑了过来,欢快地摇着尾巴,它很喜欢梅兰尼娅。因为梅兰尼娅总是给它带早饭。梅兰尼娅坐到红椅子上,轻声说:"我希望布丁变成一条聪明的狗,像人一样聪明,能帮菲利普做试卷!"

"梅兰尼娅!你疯了吗?"库奇害怕地叫道。

但是魔法已经生效了,布丁跑到学校去了。"我觉得,要有麻烦了。"库奇叫道,他追着狗跑开了。梅兰尼娅抓起椅子,追着他们跑去。

布丁跑到门口,用鼻子顶门,但是门是关着的。这时,令库奇惊讶的一幕出现了,小狗跳到扶手上,在对讲机旁边,它用爪子按着数字键盘。一声信号音之后,门竟然开了!布丁纵身一跃,跳到了学校大厅里,库奇快跑着跟在它身后。

小狗跑过走廊,却被一道玻璃门拦在了老师办公室外,它摇着尾巴,不一会儿门开了,菲利普的老师舒尔茨小姐探出身来东张西望。布丁趁她不注意,从她脚边钻了过去。女老师耸了耸肩,关上了门。

库奇和梅兰尼娅把脸贴在玻璃上。他们看见布丁先跳上了椅子,又跳上了桌子。幸运的是,舒尔茨小姐去厨房泡茶了。同时,布丁闻着那一摞试卷,从中抽出一张。之后一幕让人无比惊奇。小狗用牙齿叼起了圆珠笔,低下头凑近试卷,并开始写。它真的在写字!他们凑近门,以便看得更清楚。他们看见布丁计算着数学题,改正着菲利普的错误。它写得飞快。库奇和梅兰尼娅看看彼此,露出了微笑。

脚步声逐渐接近。

"不好!老师回来了。"库奇轻声说。

女老师从厨房走了出来,拿着一杯冲好的茶。她看见正在写字的小狗,呆立在原地,同时布丁也碰到了一道很难的数学题。吓愣了的老师看着小狗转着圆珠笔,低头看着数学书,用鼻子翻着课本。最后,布丁拿起圆珠笔,在空白处写下答案。老师马上就要被吓昏了。小狗把菲利普的考卷推到架子上,跑到电脑前。被吓呆的舒尔茨小姐看到小狗用爪子敲着键盘。不久布丁就开始上网,它先看看狗食广告,之后打开Youtube网站,开始看哈士奇狗赛跑比赛。

舒尔茨小姐终于回过神儿来,她走到桌边,试探着问道:"狗狗……你在干吗?"

而之后的事情更糟糕。

布丁看着老师,然后用人的声音说:

"你不是看见我在干什么了吗?我在上网,别打扰我!"

TEST 6B/13 — FILIP ROSS

1. $\dfrac{3x-2}{x+2} - \dfrac{2}{x-2}$ ✓

   (a) $\dfrac{3x-4}{4}$ ✗ (b) (c) $\dfrac{x(3x-10)}{x^2-4}$ (d) $\dfrac{6x-4}{x^2-4}$ ✓ (e) $\dfrac{-2(3x-2)}{x^2-4x+4}$

2. $\dfrac{x^{3a}}{\sqrt[4]{x^{16a}}} =$

   (a) $\dfrac{3}{4}$ (b) (c) (d) x^{-a} (e)

3. $|2x+1| > 5$

   (a) $-2 < x < 3$ ✓ (b) $x > 3$ ✗ (d) (e) $x > 2$

4. If $\dfrac{a}{x} = c(a-b) + \dfrac{b}{x}$ and a

   (a) $-\dfrac{5}{3}$

   $\sin\theta = \dfrac{3}{5}$, and c

   $= 2\log$

   to

   (e) $\dfrac{3}{4}$ ✓

这太吓人了。女老师大叫一声,茶水从杯子里倾泻而出,然后她一屁股坐在地板上。

库奇轻轻对梅兰尼娅说:"你快把它变成普通的狗!快!"

梅兰尼娅迅速坐到椅子上,轻声说出咒语。布丁马上发出普通狗的叫声。库奇给它打开门,它马上跑了出去。

"谢谢你,布丁。"梅兰尼娅说道。

老师摇摇晃晃地站起来,跌跌跄跄地走到门口。她看看孩子们,用颤抖的声音问:"你们……也看见了吗?"

"什么?"

"那个……小狗写字的事?"

"小狗写字?"库奇问道,装作一脸的迷惑,"这怎么可能,老师?"

"你们有没有听见,它还说人话?"

"小狗?"

"对。"

"没有!老师,我们什么也没听见。"梅兰尼娅说。

"上帝啊……我看到的难道是幻觉?"老师叹息道,"肯定是我劳累过度……我要休息……我要去度假!"她战战兢兢地走过了走廊。

第二天校长来到班里。他说舒尔茨小姐去度假了,因此他批改了数学试卷。校长戴上眼镜。

"全校最高分是……菲利普·罗斯。"

菲利普迷惑地叫道:"什么?! 我?"

"对。祝贺你,菲利普。我为你感到骄傲,过来领成绩!"

④

"他们早晚会意识到我们施魔法的事。"薇珂说,"早晚妈妈会禁止魔法或者烧掉红椅子。"

"那怎么办?"库奇问,"我们需要钱和很多东西啊。"

"我们必须变出大奖来。"

"什么大奖?"

"比如竞赛大奖,总之就是我们要中个彩票什么的。这样我们就能合法地拥有这些钱了。这就是洗钱呗。"

薇珂很了解这些,之前她可是银行总裁呢。

库奇钦佩地看着她,这真是个好主意。

他们三个一起去了环球购物中心,逛各种商店,寻找有什么竞猜或者彩票。他们发现有很多,可以赢得小轿车或者到夏威夷度假,还能赢得装满冰激凌的冰箱,还有一个十分吸引人的奖项,猜数字赢百万,这对他们来说不成问题。但最终他们选择了ZU软糖的大奖。

他们选好中奖号码。然后梅兰尼娅变出了有中奖号码的糖。他们检查了中奖信。果不其然他们的号码中奖了。库奇和薇珂还演练了如何告诉父母中奖的事情,想要表现得很自然。他们觉得,最好的办法就是表现得疯疯癫癫的。于是,他们一进家门就爆发了,大叫道:"哇啦啦啦啦啦!"库奇打翻了花瓶,薇珂倒立起来,然后他们一起跳上了冰箱。大叫道:"妈妈!爸爸!我们中奖了!中大奖了!哇啦啦啦啦啦!"

"中了多少钱?"

"五千元!"

当然他们可以再中个大一点的奖,但是他们不想引起太大注意。之后他们一起去环球购物中心领奖。爸爸问他们想买什么,库奇却谦虚地说:"什么也不要。爸爸你给自己买点什么吧。"

爸爸抱住库奇,在那一刻,库奇真想把椅子和魔法的事情告诉他。

"你们真的什么也不想要?"第二天梅兰尼娅问道。

"不。"

"菲利普说什么?"

梅兰尼娅总是问:"菲利普怎么想?"

"跟以前一样。他说,他很笨,但是傻人有傻福。我本来想给他变个生日礼物的,但是就像他说的,什么也不需要。"

梅兰尼娅打断了库奇的话:"菲利普要过生日?"她大叫,"什么时候?"

"这周六。"

"我们必须给他变点什么出来。变点什么好东西。"

"为什么?"库奇很恼火,"他那么讨厌,总是跟我吵架。"

"菲利普一点也不讨厌。"梅兰尼娅反驳道。

"我们必须给他变礼物!"

"不!"

"那我就再也不帮你们施魔法了!"梅兰尼娅生气了。

这好像是松鼠第一次不同意,这可不妙。

"好吧。"库奇让步了,"但是如果礼物很贵的话,菲利普会发现的。"

"你们要跟他说,礼物是我送的。"梅兰尼娅建议道,"菲利普想要什么?"

"直升飞机。"

"真正的飞机?"

"什么呀,遥控模型!"

梅兰尼娅迅速坐到红椅子上,许下愿望。

他们以为,会从天上掉下一个盒子来。但是并没有,过了一会儿从树丛中飞出了一架直升飞机,小小的、银色的,飞得很快。

"哇!"库奇叫道,"是超级眼镜蛇! 菲利普就是想要这一种! 我也是!"

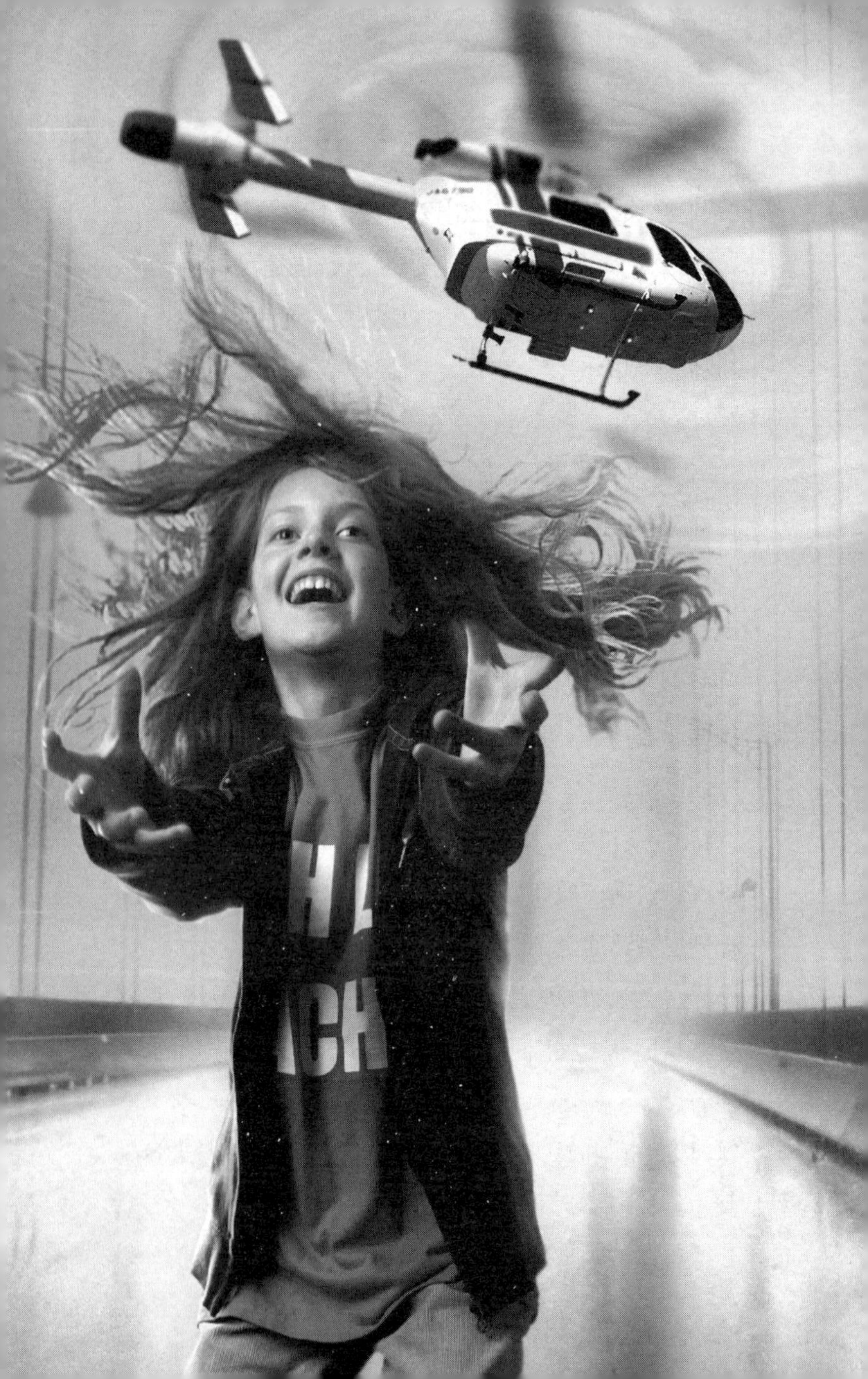

他们追着直升飞机直到桥上,最终,飞机缓缓地降落在人行道上,在包装盒旁边,盒子里是备用电池和遥控器。梅兰尼娅把纸盒拿回了家。

晚上,库奇问菲利普:"你过生日要不要叫梅兰尼娅来?"

"为什么?松鼠那么蠢。"菲利普咕哝道。

"她一点儿也不蠢!"

"那你把她娶回家啊。她和你挺配的。"

妈妈在家里为菲利普准备了生日会。

她在房间里到处挂上有白色骷髅头的黑气球——这是菲利普的主意,还买了蛋糕。几个菲利普班上的同学来给他过生日。菲利普自然没有请松鼠来。大家玩得挺开心,他们一起玩巨龙星球,突然有人按门铃。

"这是谁啊?按个没完?"菲利普叫道。

大家都跑到门廊上,菲利普打开了门。

梅兰尼娅站在门口,她身着绿色衬衣,头上戴着帽子。库奇觉得她今天非常漂亮,但是菲利普一脸厌恶地看着她,冷漠地说:"我没叫你来啊。"

"我知道。我只是来把礼物送给你。"

梅兰尼娅把一个用绿色彩纸包好的礼物放到地上。

"祝你生日快乐,菲利普。"她说。

然后她转身跑开了。

"菲利普,你这是干什么?"妈妈来到走廊,"梅兰尼娅,快来,菲利普叫你来。快到屋里来。菲利普,快来照顾客人。"

菲利普有点儿窘迫地把梅兰尼娅请进房间,他给了梅兰尼娅一杯带吸管的果汁。

"快打开礼物看看!"库奇叫道。

菲利普打开包装纸,看着遥控直升飞机的盒子,非常开心。

"哇!真棒!"

所有人都跑来看直升飞机。

"好棒的礼物啊!"

"松鼠哪儿来的钱啊?"

"你要谢谢她!"薇珂喊道。

菲利普跑到梅兰尼娅面前,喃喃道:"谢谢。你怎么知道我想要直升飞机?"

"库奇说的,你喜欢就好。"梅兰尼娅站了起来,"我必须走了。"

她跑到门边。

"梅兰尼娅,等等。"薇珂喊道,"快来看看我们的大蛋糕。"她拽住梅兰尼娅,把她拉到厨房。桌上有个草莓大蛋糕。

"棒吗?"

"棒极了。你们有巧克力奶油吗?"梅兰尼娅问。

"为什么你要奶油?"

"我要给菲利普画画。"他们给她一管巧克力奶油,梅兰尼娅跪在凳子上,因为她是近视眼。但是,就在这一刻,意外发生了。凳子翻倒了,梅兰尼娅摔到蛋糕上,把大蛋糕撞成了碎片。

"这可怎么办?"松鼠懊悔地大叫,一边擦着脸上的蛋糕。

"没事。"库奇平静地说,"我们变个新的出来。"

他们把撞坏的蛋糕扔进了垃圾桶,然后跑到库奇的房间,那里放着红椅子。

"松鼠,快变个一模一样的蛋糕!"库奇小声说,"我们去看着菲利普,不让他上来。"

库奇和薇珂跑开了。

梅兰尼娅坐在红椅子上,这是她第一次一个人坐在魔法椅上。她向门那边看了看,透过彩色玻璃,她看见菲利普在玩遥控飞机,她听见他的笑声。梅兰尼娅本来要施魔法再变一个蛋糕的……但是她没有。她安安静静地看着菲利普,听着他的笑声……梅兰尼娅猛地挺直了腰,直视着菲利普,她用尽全力说出魔咒:"我希望,菲利普会爱上……"她没有勇气说出"爱上我"。她总是很害羞,最终她说,"我希望,菲利普会爱上他看到的第一个女孩!"

之后她大叫:"菲利普!"

只要菲利普看一眼就足够了,就算是他只看梅兰尼娅一秒钟,甚至百万分之一秒就足够了,那样菲利普就会和她相爱到永远。

如果当时他看到了她。

但是菲利普并没有这样做,他没有看到梅兰尼娅。

因为这个时候直升飞机飞出了窗口,飞到大街上去了。有人喊道:

"直升机飞走了!"

菲利普冲到门边,连蹦带跳地跑下楼梯,跑到大街上。他四处张望着。直升飞机正在巨型广告牌前盘旋,在那个广告牌上,一个美丽的女模特微笑着,菲利普看到了她。然后,他如同被催眠了一般,呆住了。

直升飞机撞到了广告牌,降落在街道上,但是菲利普都没有注意到。他直直地看着广告牌上的模特。这时梅兰尼娅跑了下来,她站到菲利普面前,但是菲利普对她视而不见,他从她身边走过,仿佛她不存在一样。他走到广告牌前,看着ZU软糖女模特的眼睛,大声说:"我爱你。我爱你到永

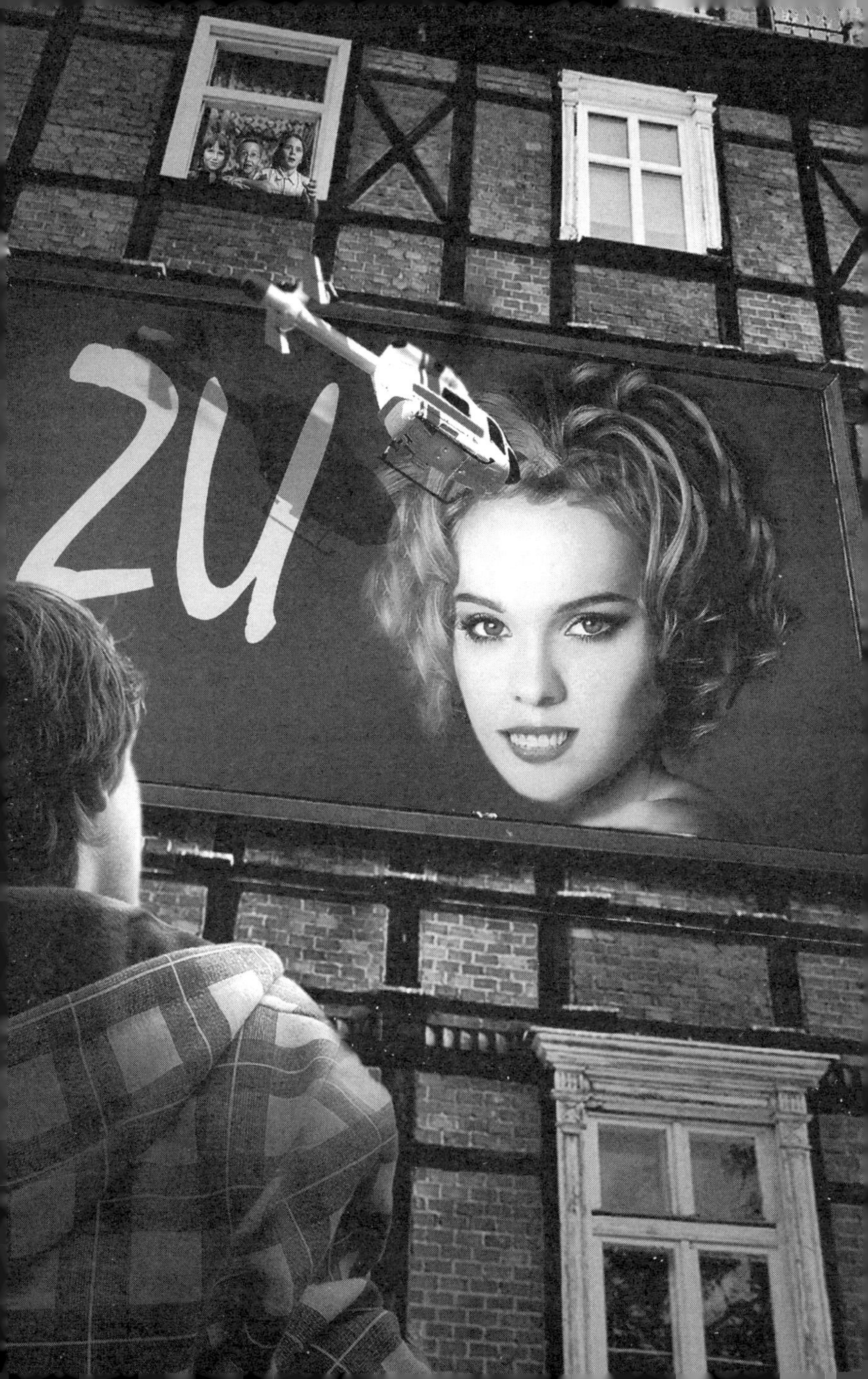
2u

远!"生日会上所有的人都跑到了街上。有人捡起了坏掉的直升飞机,另一个人喊道:"菲利普,别担心。这个可以保修的!"

"过来!"

"哎,菲利普!快过来!"

但是菲利普没有反应,他一动不动地站着,深情地望着广告模特的眼睛。

"他怎么了?"

"正在发傻吧。"

菲利普没有反应,如同被催眠了一般。

托西亚跑过来,看着哥哥。

"薇珂,快去叫爸爸妈妈!快!"

薇珂马上跑回家。托西亚看着菲利普,愈加不安,因为她曾经看到父母被施了魔法的样子。可是现在魔法不是已经失效了吗……

爸爸妈妈从屋里跑出来。妈妈看着菲利普。

"菲利普!你怎么了?"菲利普一动不动。

"快回家!"

"我要待在这里。"

"为什么?"

"我想看着她。"菲利普安静地说,声音很奇怪。

妈妈不安地看着他。

"托西亚,他是不是喝酒了?"妈妈问道。

"没有啊……"

爸爸把菲利普拉回家里。菲利普坚持不转头,继续看着广告上的模特。邻居们怀疑地张望,街上的孩子们窃窃私语。妈妈赶紧说:"不好意思……生日会必须结束了。大家都回家吧。"

她捡起坏掉的直升飞机,跑回了家中。

没有一个人注意到梅兰尼娅,她孤独地坐在马路边,脸埋在手里。

菲利普躺在床上。妈妈给他冲了浓茶,在他的头上敷上热毛巾。

"你怎么样,菲利普?"妈妈问。

"不知道……"

"你哪里不舒服?"

"不知道。"

菲利普看着妈妈,如同看着一个陌生人。

妈妈越来越害怕了。

"得叫医生来。"

"爸爸已经叫了……"库奇说。

"你们看着菲利普。"妈妈跑到厨房,爸爸正在打电话叫医生,托西亚却跑去找库奇。

"库奇!你知道菲利普是怎么回事吗?"

"我……其实……"

"别撒谎!说真话!"

"托西亚……"库奇小声说,"我们重新恢复了红椅子的魔法……它又能施魔法了。"

"什么?你们怎么做到的?"

"我们找来了梅兰尼娅……她给我们施魔法,变出钱和其他不同的东西。托西亚,求你了,别告诉妈妈!"

"可是菲利普怎么办?"

"不知道……真的!"

他们看看哥哥,但是菲利普已经不在沙发上了。

"他跑了!"

"快去找他!"

他们不需要找很远,因为菲利普正站在大马路上看着广告上的模特,他傻傻地笑着。汽车狂按喇叭,从他身边飞驰而过。梅兰尼娅跑来了,正擦着眼泪。

"你对菲利普做了什么?"托西亚朝她喊道。

"我……"梅兰尼娅低声说。

"大点儿声!"

"我施了魔法,希望菲利普爱上他第一眼看到的女孩。"

"为什么?"

"因为我希望菲利普能爱上我,可是他爱上的却是那个女孩……"

她指着广告。

"哦……"库奇松了一口气,"这没事,我们把魔法取消就行了。"

"快点,别让爸爸妈妈发现了。"

他们搬来红椅子放在菲利普旁边,邻居们已经不再围观了,因此他们可以安全地施魔法。

"梅兰尼娅,你可别再搞新花样了。"托西亚严厉地说,"说,取消魔法。"

"别再说别的了!"

"好的……"

梅兰尼娅坐在红椅子上,托西亚、库奇和薇珂警惕地看着她。

"我希望,菲利普不再爱那个女孩子了!"

梅兰尼娅指着广告牌说。

所有人都松了一口气。

"菲利普!快醒醒!"托西亚叫道,"爱情结束了!"

库奇拍着哥哥的肩膀。

"菲利普,你这个傻瓜!你知道你干了什么傻事?你喜欢上了广告模特！大傻瓜！"

但是菲利普还是没有动,仍然深情地看着广告牌上的女孩。

"我的天哪！没反应！"

"为什么不能取消啊？"

他们又试了三次,想要解救可怜的菲利普。但都没有用。

魔法没能取消。

"得告诉爸爸妈妈。"托西亚绝望地说。

"都是我的错。"梅兰尼娅懊悔极了。

"别泄气。咱们先回家,我们肯定有办法,肯定能救菲利普。"

"我也希望……"库奇嘟哝说,"我不想有个爱上广告牌模特的哥哥。"

他们把所有的事都告诉了爸爸妈妈。

"妈妈,你只要别把红椅子烧掉就行……"

最后库奇哀求道:"求你了。"

妈妈没说话,凶巴巴地看着红椅子。

"爸爸,为什么魔法不能被取消。"托西亚问道。

"不是总是可以取消的吗？"

"可能是因为这是真爱。"爸爸深思后说。

"真爱伴随人的一生,深沉而隐秘。"

"你们做的事非常危险。"

"可是菲利普只有十三岁啊。"妈妈郁闷地说,"他不会爱上任何人。"

"我十岁的时候就遇到了真爱。"爸爸说。

"爱上我吗?"

"不是。我爱上了安妮·兰切克。"

"你怎么从来没告诉过我……"

门铃响了起来。

"医生到了!"

"可别跟他说魔法的事。"妈妈跑到走廊里小声说。

医生戴着瓶底一样厚的眼镜,匆匆忙忙的。

"病人在哪里?"

"这里……请进。"

妈妈打开菲利普房间的门。但是菲利普不在里面。

"库奇,他去哪儿了?"妈妈大叫。

"他跳窗出去了。"

妈妈无奈地看着医生。

"对不起,医生。可是……我儿子跑出去了。"

"怎么会跑出去了,不是说他很难受吗?"医生嘟哝说,不高兴地扣上公文包,"如果找到他,就让他明天来诊所。再见。"

医生走了。大家等了一会儿,就都出去找菲利普了。

果不其然,他又站在大马路上看着广告牌。沮丧的库奇大喊:

"菲利普!你怎么会爱上一个傻瓜。她只是个广告上的模特。而且那么老,她可能已经十六岁了!"

菲利普反应十分迅速,他一拳打在弟弟鼻子上,库奇被打得摔在草地上。

可是库奇居然十分高兴。

因为,这说明他老哥一点儿也没变。

晚上家里终于恢复了平静。

菲利普喝掉五杯蜂蜜水后睡着了。

为了防止他大半夜跑出去,他的脚上被系上了铃铛。

05

晚上托西亚叫醒了库奇。

"醒醒,库奇。"

"怎么了? 出什么事了?"

"嘘……我们要采取行动,你要跟我们一起来!"

库奇爬起来,跳下床,迅速穿上衣服。

托西亚和薇珂在走廊上等着,托西亚手里拿着红椅子。

"你们想干什么?"库奇半梦半醒地问。

"小声点……别吵醒了爸爸妈妈。"

托西亚悄悄推开门,跑下了楼梯。

"松鼠!"她叫道。

他们打开大门,看到梅兰尼娅。

"我准备好了!"

"走吧!"

库奇从来没有半夜出过家门。

城里空无一人,静悄悄的。商店的橱窗黑漆漆的,只有街上的路灯发着神秘的光。

"你们要干什么?"库奇问。

"把她毁掉。"

"谁?"

"广告牌女孩。"

"我们必须把她换成菲利普讨厌的东西。"托西亚说。

"让他看着就讨厌。"梅兰尼娅嘟哝。

"最好让他看都不想看。"薇珂补充。

"让他憎恨!"

"我知道了。"库奇恍然大悟,"把她换成蜘蛛,菲利普讨厌蜘蛛。"

其实菲利普不是讨厌蜘蛛,而是害怕蜘蛛,只是他不承认。当他们出去露营的时候,菲利普总要检查帐篷的每个角落,看看有没有一只蜘蛛潜伏在那里。

托西亚看看四周,街道空无一人。

"好了,松鼠。快开始!"

梅兰尼娅坐在椅子上,面向广告牌。

她看着广告牌,说:"让她变成蜘蛛,马上!"

她的话语中充满憎恨。库奇发现,梅兰尼娅生气时很好看。

但是他还没来得及多想,托西亚就叫道:

"小心啊! 蜘蛛是活的!"

广告牌上的女孩变成了一只墙那般大小的蜘蛛,但是蜘蛛并不是印在广告上的,而是活的!巨型蜘蛛从广告牌上爬下,向孩子们爬来。

梅兰尼娅吓坏了,一下子跳了起来。巨型蜘蛛向她吐出黑色的黏液,但是她在最后一刻躲开了。蜘蛛网黏住了椅子,孩子们躲在了门后。尽管红椅子试图逃脱囚禁,但还是被蛛网牢牢地黏住了。

蜘蛛爬过来用它毛茸茸的大脚钩住椅子,它一定是把红椅子当成一只大苍蝇了!

"我的天哪!这可不好了!"托西亚小声说道,"我们怎么把它拿回来啊?"

库奇心想,现在最需要菲利普。在危急时刻他总能挺身而出。

库奇知道现在要由他代替哥哥了。

"我来设一个陷阱。"他小声说,"那个时候,梅兰尼娅你要坐到椅子上去,赶紧施魔法清除它!"

"它会吃掉你的。"薇珂很害怕。

"我会赶快跑!"

"库奇,站住,我来……"托西亚喊道。

但是库奇已经从门后跳了出来,向蜘蛛跑去。

蜘蛛警惕地转过头,用它鼓鼓的眼睛看着男孩。突然间,它向他吐出一股黑色的黏液。库奇躲开了,但是蜘蛛再次喷出了黏性的液体。这一次,库奇起跳得晚了,几滴液体溅到了他的脸上。他顿时感到一阵热辣的疼痛,如同被荨麻抽打一般。

更糟糕的是,黑色的蜘蛛网把他和大蜘蛛连了起来。

好在网很稀疏,库奇轻松地挣脱了。蜘蛛向他爬来,它可比真的蜘蛛大多了。男孩向桥的方向跑去,蜘蛛停住并开始膨胀,很快它就变成了一个奇丑无比的大毛球。大蜘蛛用尽全力吐出一股黏液,一大团黑色的黏液向库奇袭来。黏液正中目标,击中了库奇的背部。库奇摔倒在人行道上。他尝试着站起来,但是被像口香糖一样黏稠的蜘蛛黏液黏在了人行道上。他艰难地回过头,看见毛茸茸的大怪物正向他爬来。

"我觉着,要坏事儿了。"库奇呻吟道,他的嘴唇都被黏液黏住了。

大蜘蛛反而慢了下来,它知道库奇马上就要被它抓住了。

这时,梅兰尼娅从门后跳出,跑向红椅子,可是就在她马上就要够到椅子的时候,鞋子被蜘蛛黏液黏住了,那黏液满街都是。梅兰尼娅动不了了,她没法把脚从地上挪开。蜘蛛用它突出而吓人的眼睛看着她,它犹豫着是先吞掉库奇呢,还是先进攻梅兰尼娅。这一瞬间的犹豫拯救了梅兰尼娅,她把脚从黏在地上的球鞋里拔出来,光着脚跑到椅子边。在坐下之前,她把椅子上的黏液擦干净,因为她讨厌脏东西。蜘蛛向她这边跑来。梅兰尼娅迅速坐下,叫道:

"你只不过是一张图片,懂吗,大虫子!"

刷!大蜘蛛变成了一张扁平的纸片,放出一股恶臭的气体,之后它爬上墙上的广告牌,静止了。虽然它看上去仍然丑陋而恐怖,但是已经是一张毫无危险的图片了。

"成功了!"薇珂长舒了一口气。

"你们能不能过来救我!"库奇大叫。

女孩们把库奇从人行道上扒下来,把他身上的蜘蛛黏液弄干净。

"我们可得更小心点儿!"

"是啊。"库奇嘟哝说。

"别抱怨了。总之,我们把海报变好了。"

他们看向广告牌,模特的脸被一只丑陋多毛的大蜘蛛代替了。

看上去恶心极了。

"菲利普如果看到它,肯定不会再爱她了。"薇珂无比确定。

"肯定不会。"库奇打了个哈欠,"菲利普不会蠢到爱上一只狼蛛。"

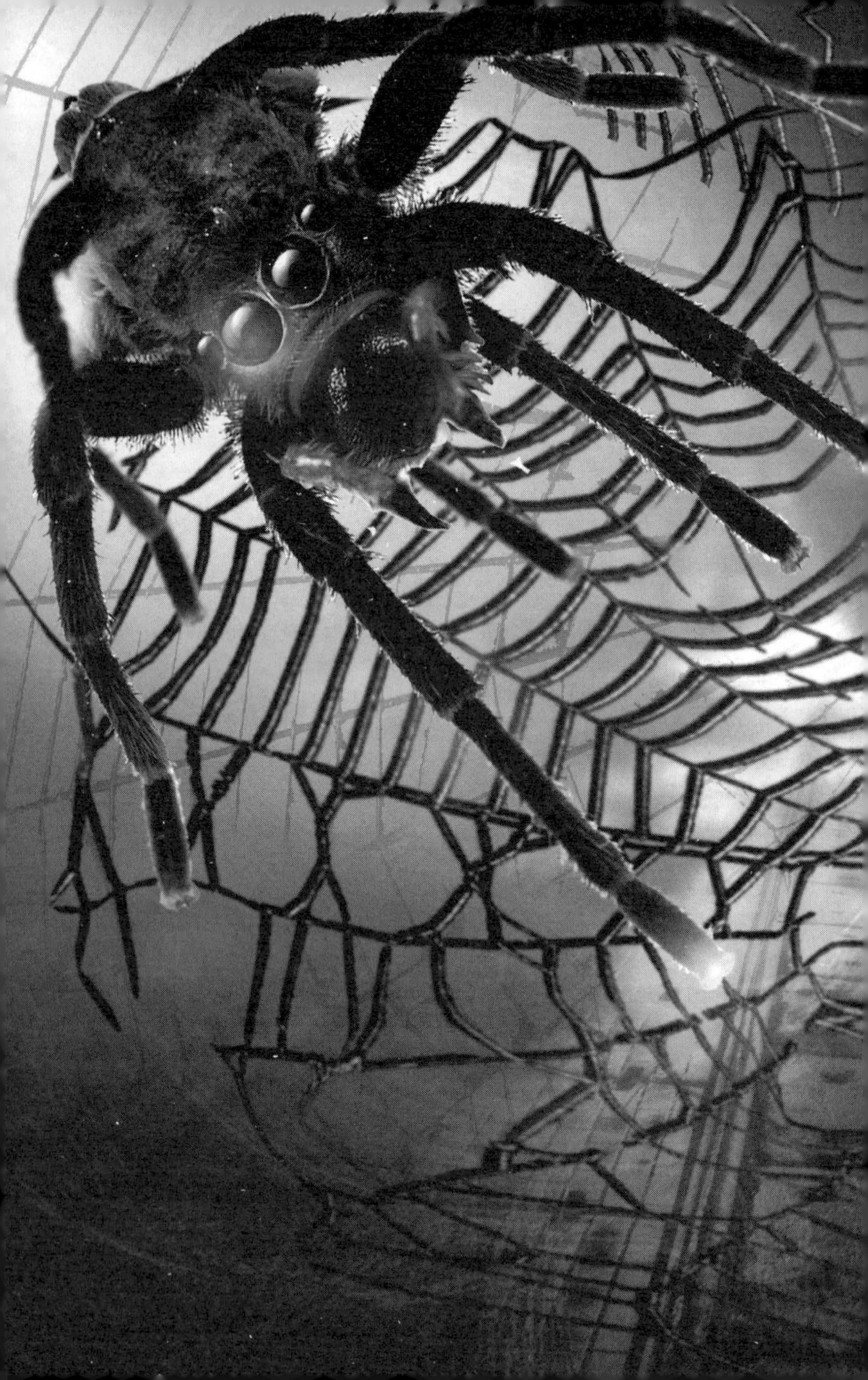

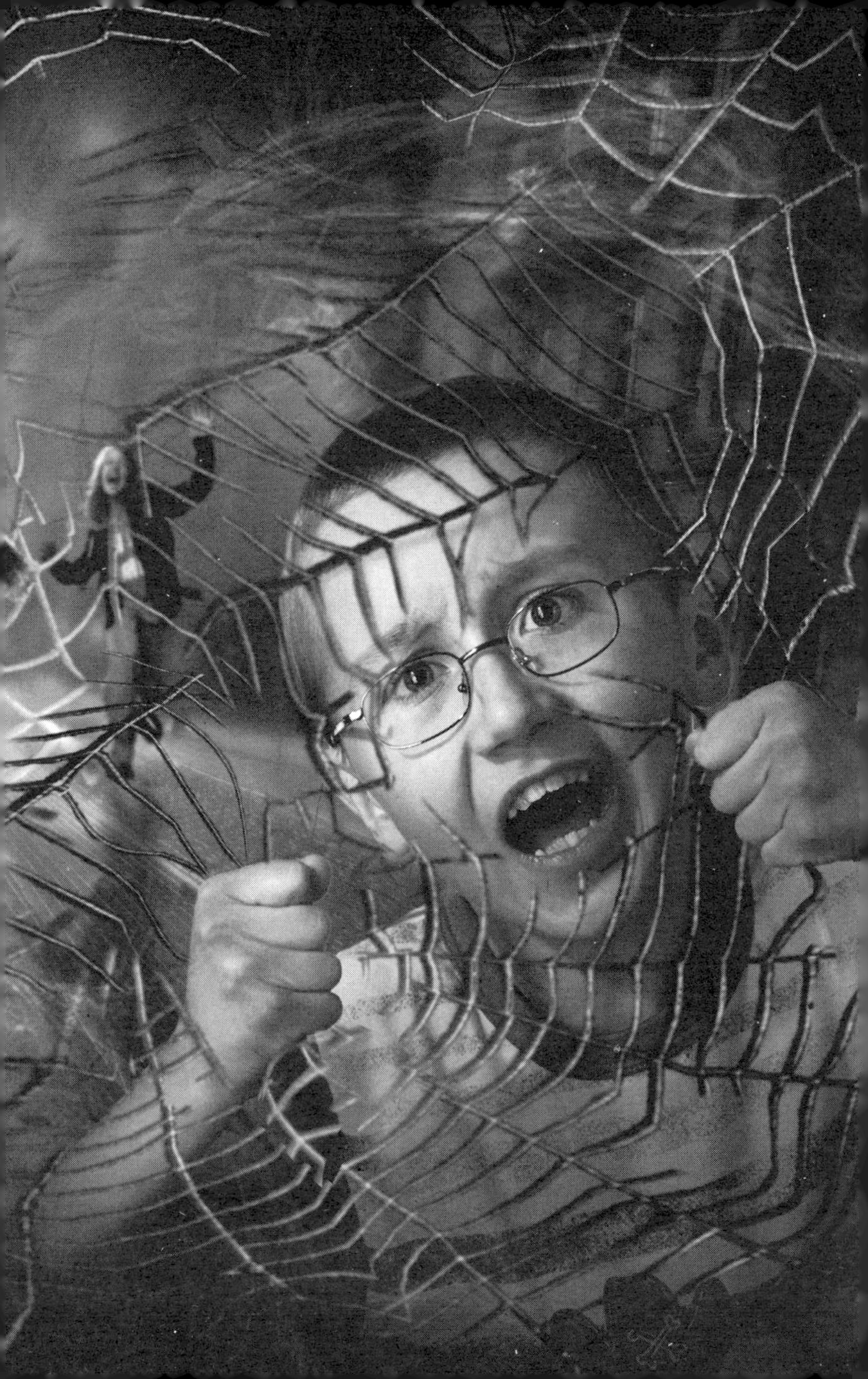

他们正想回家,但是梅兰尼娅叫道:"你们等一下!这样的海报还很多,整个城市都挂着这个海报呢。"

"那怎么办?我们每个广告都要换吗?我们到早上都干不完的。"

"魔法只能施在看得见的地方。我们如果要全部换的话,就要看到城里所有的广告,我们怎么能够同时看到呢?"

"有这样的地方吗?"

"有的!环城视野!"托西亚喊道。

在河边有一架巨大的摩天轮,名为环城视野。摩天轮上有带有椅子的小座舱。当转到顶端的时候,可以看见全城。

"有意思,可是我们半夜十二点怎么去摩天轮啊?"

"我们可以试一试。"

孩子们骑自行车来到河边,夜晚的街道空空荡荡,但是在中心十字路口停着一辆警车。孩子们快速地从警车旁边溜过,可警察还是看到他们了,警车向他们开来。

"我觉得要有麻烦了。"库奇喊道。他们一起冲上路边。但是警车比他们开得快,不一会儿就追上了他们,拦住了他们的去路。大胡子警察跳下警车,拦住孩子们。第二个警察快速地对着对讲机说着什么。

"你们晚上在这儿干什么?"大胡子警察问。

孩子们沉默了。

"到警车里来。"

这意味着麻烦大了。警察局,拘留。

如果父母半夜被叫到警察局,那就真是出大事了!

托西亚看着梅兰尼娅。只有她能救他们,但是胆小的松鼠在这种情况下怎么会突然变大胆呢?

警察向他们走来。

"进去!"

托西亚和薇珂从自行车上下来,慢慢走向警车。

库奇转向梅兰尼娅的方向,想跟她说些什么,但是警察喊道:"不准说话!"他抓住库奇的手,把他带向警车。

只剩下梅兰尼娅了。她慢慢地将红椅子从自行车上取下来。

"放下它。"警察说,"一会儿还会来一辆警车,带上你们的东西。"

但是梅兰尼娅没听他的,她把红椅子放到人行道上,孩子们紧张地看着梅兰尼娅。

小姑娘坐到椅子上。

"喂,小鬼。你在搞什么花样?"警察向她走去。

梅兰尼娅举起手,指向灯塔。警察疑惑地看向那边,梅兰尼娅轻声说了一句话。刷!灯塔熄灭了。

视野之内的所有路灯和霓虹灯也熄灭了,整个城市都变暗了。

"怎么回事?"警察疑惑地嘀咕说。

梅兰尼娅抬起手,指向警车的方向。刷!警灯也熄灭了。

梅兰尼娅手指天空,乌云顿时遮住了月亮。

一片漆黑,伸手不见五指。

警察从口袋里拿出了手电筒,但是手电筒也不亮了。

在一片漆黑中响起了自行车的咔哒声。

不一会儿月亮从云后面钻了出来,灯也亮了。

但是街上已经没了孩子们的踪影。

"真是好主意,松鼠!"库奇大叫。

他们快速地向河边的小山方向骑行。

"我还害怕魔法不管用呢,因为我是很小声说的,但是很棒!"梅兰尼娅笑了,这似乎是菲利普中魔法后,她第一次笑。

"你好棒!"

"要是我妈妈知道我大半夜在城里骑自行车,弄坏了灯塔,她可能会疯的。"梅兰尼娅的妈妈非常神经质,不让梅兰尼娅干任何事。但是好在她现在正在睡觉,没看到她胆小女儿的举动。

巨大的摩天轮出现了,还闪着蓝色的灯光。在这个时间摩天轮当然已经关闭,停止转动了。

"我们怎么到顶上去啊?"薇珂问。

"我们得启动它!"

"可是怎么启动呢?"

"我们要分工合作。"托西亚决定,"库奇和薇珂启动摩天轮,我们和梅兰尼娅到顶上去。"

"保安会抓住我们的!"库奇说。

"如果他们没看见你们,就不会抓住你们。"

梅兰尼娅一边说一边坐到红椅子上。

不一会儿库奇和薇珂就感觉自己漂浮在空气中,如同云雾一般。

胖胖的保安正在保卫室里的监视屏前打盹,没有听见门开时的声响。

门自己开了,不一会儿又自己关上了,可是并没有人走进来。如果他没睡的话,他会听见小小的说话声:

"啊!库奇,你别踩到我。"

"对不起,薇珂。可是我看不到你。"

"我们要打开什么?"

"可能是个红按钮,这个写着'开始'的。"

看不见的手指按动了红按钮。

吱的一声响,摩天轮开始转了。

几百盏灯亮了起来,音乐响了起来,摩天轮开始转动。

托西亚和梅兰尼娅在摩天轮上的小舱里向他们招手,她们正慢慢地向上转去。噪音吵醒了警卫,他昏昏沉沉地睁开眼。

然后他马上跑出了保卫室。他迷惑地看着摩天轮,然后又回到了室内,在控制面板上按动了停止按钮。

摩天轮停住了,但是红色按钮不一会儿又被按动了,轮子又转了起来。

"请求救援。"保安向麦克风大喊。

不久随着阵阵警报声,几个保安过来了。

他们迷茫地看着转动的摩天轮。

"上面有人!"一个保安叫道,"有两个小女孩!"

就要到达顶端的摩天轮舱里突然出现了梅兰尼娅和托西亚。

梅兰尼娅坐在红椅子上。

保安们看着她,却没发现他们身后广告牌上的模特变成了大蜘蛛。全城的广告牌都被换掉了。几百张墙上的广告一瞬间都变了。

这一神奇的时刻只被半夜在路上吃剩热狗的流浪狗看到了。狗被眼前的一幕吓得开始狂吠,然后跑掉了。

此时,保安正等候在摩天轮下,等着梅兰尼娅和托西亚下来,这样就可以抓到她们了。

摩天轮继续旋转,保安们急得跳脚。这时却发生了奇怪的事情。

从他们身后突然传来了说话声:

"先生们好!"

保安们转过身来,看见两辆自行车,正朝自己前进,却没有人骑在上面。

"见鬼了!"一个保安吓得呻吟起来。

"外星人!"另一个大叫。

他们向神秘的自行车跑去,想要抓住它们,却犹疑不决。

这时,小舱里的梅兰尼娅和托西亚已经下来,女孩们跳到平台上,冲向自己的自行车。她们固定好红椅子,立刻骑走了。无人驾驶的自行车从她们身后冲来,保安们吓坏了,不再追赶他们。

回到家时已经半夜三点了,库奇和薇珂这时已经现形了。在路上他们骄傲地看着广告牌,广告牌上都是吓人的蜘蛛女孩。

他们朝她喊道:"女蜘蛛!"

"虫子小姐!"

"丑八怪!"

"软糖女怪物!"

"吓人精!"

在人行道上库奇、薇珂和托西亚静悄悄地和梅兰尼娅告别。

好在爸爸妈妈睡着了。库奇累坏了,他倒在床上,连袜子都没脱。

在他闭上眼睛之前,向睡着的菲利普咕哝说:

"真希望你知道,我们为了你费了多大的劲。希望你早上能感谢我们一下。"

06

"我要杀掉你,白痴!"

菲利普向库奇扔了一只运动鞋,然后又扔了一个可乐瓶,然后是篮球、背包。

"你伤到我了,混蛋!"

薇珂和托西亚走进了房间。

"菲利普!停下!"

"我要杀了他!"

"你放手!"

她们保护住库奇,库奇额头上都受伤了。

菲利普转向托西亚,愤怒地大吼:

"是你们干的好事?把她换掉了?是不是?"

"对。"

"为什么你们要换掉她?我爱她,你们却不喜欢她。"菲利普恨恨地看着弟弟妹妹,"随你们换什么,我还是爱着ZU女孩!"

似乎他们一整夜的工作都白费了。

托西亚走向愤怒的哥哥。

"菲利普……你真的明白吗?"

"什么?"

"那个ZU女孩只是个白痴广告牌,你爱上了广告,是因为你被施魔法了。"

"我爱上的女孩是真的,不是广告画,我要去找她。"

"谁?"

"那个女孩,那个广告上的女孩。我要找到她,就算找一辈子也要找到!"

"菲利普!那是个模特。你根本不知道她住在哪儿,可能住在澳大利亚,还有可能在中国。"

"那我也要找到她!因为我爱她!"

"菲利普!"托西亚愤怒地喊道,"你不知道这是魔法的作用吗?你必须摆脱它!必须!"

菲利普完全不听,他抓起鞋子,库奇赶紧用手护住额头,但是菲利普把脚塞进鞋子,大叫:"你们可以把她弄成怪物,但我永远爱她!"他从地上捡起背包。

"对我来说,没有什么比她更重要!我要找到她,就算找到天涯海角!我这就出发!"

他开始往背包里塞T恤衫和牛仔裤。

托西亚害怕地看着他,然后跑出了房间。

其他两个弟弟妹妹也跟着她跑了出去。

他们跑到厨房里,大叫:"爸爸!菲利普要跑了!"

爸爸妈妈冲进菲利普的房间。

"他疯了!"托西亚说,"他想去找他那白痴软糖女孩。"

爸爸拧着门把手,门却打不开,被什么堵住了。

"菲利普……开门!"

没有回音。

"菲利普……求你开开门!开门!"

没有反应。

爸爸妈妈合力撞门,只听见另一边什么东西掉了,门终于开了。

他们看着大开的窗边飘荡着白窗帘,菲利普已经不在房间里了。

他们找遍了整个小区,找遍了街道、公园和火车站,但是都没有菲利普的影子。

"他肯定是去找那个女模特了!"妈妈悲伤无比。

"我们怎么能找到他啊?"薇珂轻轻地说。

"我们和爸爸一起去警察局吧。"

托西亚惊恐地看着妈妈。

"妈妈!就算抓到他,他还是会逃走的,一直逃走!"

"那我们怎么办?"妈妈伤心地问,"我难道能让十三岁的儿子满世界地去找广告模特?"

爸爸开车来了。

"上车。"妈妈说,"我们去警察局,你们回家。"

"我们不用去学校吗?"

"你们今天待在家里。警察可能想找你们问话。"

妈妈上了车。车发动了,她还在叫:"托西亚,如果菲利普回来了,马上给我打电话!他们出发了。"

"我觉得要出事了。"库奇害怕地说。

"我们必须找到菲利普,在警察找到他之前。"托西亚说,"之后再给他解除魔法。"

"你知道这对他没用的。"

"都是我的错!"库奇叹气。

"这不是你的错,是梅兰尼娅的错!"薇珂说。

"但是是我把魔法的事情告诉她的。"

"先不要抱怨。"托西亚很坚决,"首先要找到菲利普,之后再想别的。走吧!"

这时,他们听见一声呼叫:"库奇!"

梅兰尼娅沿着街道向他们跑来。

"我看见菲利普了!他在环球购物中心,他和保安打架了。"

"什么?"

"菲利普取走了商店里所有的 ZU 软糖,一百包。他说旅行路上他只吃软糖,但是他没带钱,保安让他把糖还回去……菲利普说,他绝不会把爱人还回去……然后他们开始打他,然后他就跑到屋顶上去了。"

"他疯了!"

"要想法救他!"

他们带着椅子跑到环球购物中心。

商厦前面聚集了很多人,人群中有人喊道:

"有人在屋顶上!"

"我没看见!"

"那里!在霓虹灯上!"

"他跑那儿去干什么?"

"是个疯子吧!"

"精神错乱了!"

库奇和其他人跑到人群前面去,在那里他们看见了菲利普。

他跨坐在环球购物中心发光广告牌的字母G上,手里紧紧抓着装满ZU软糖的篮子。

一个保安用大喇叭朝他喊道:"别动!一会儿我们就去救你!"

停车场开来了消防车,消防车停在商厦门前,开始放梯子。

"马上就要抓住他了!"薇珂害怕地说。

"我们怎么办?"

"我知道了……"

梅兰尼娅迅速坐到椅子上,开始施魔法:

"我们要气球,大热气球!"

一个围观者的包里掉出一只橙子。

橙子向他们滚来,并且开始膨胀,越来越大,突然之间变成了一个神奇的橙色大气球。气球摇摇晃晃地升了起来,撞到栏杆上,下面还有一个大篮子。

"我们没法都上去!"

梅兰尼娅二话不说就跳上了篮子:

"我一个人去。"

他们把红椅子给她,并解开绳索。

气球迅速飞向屋顶。围观群众这时才看到热气球,但是没有人感到惊讶,他们认为一定是保安找到了新的方法来解救菲利普。

大风将气球吹向购物中心。看见菲利普后,梅兰尼娅马上抓住屋顶上突出的天线。

"菲利普!"梅兰尼娅大喊,"快上来! 咱们一起离开这里!"

菲利普看向保安的方向,终于开始逃跑。

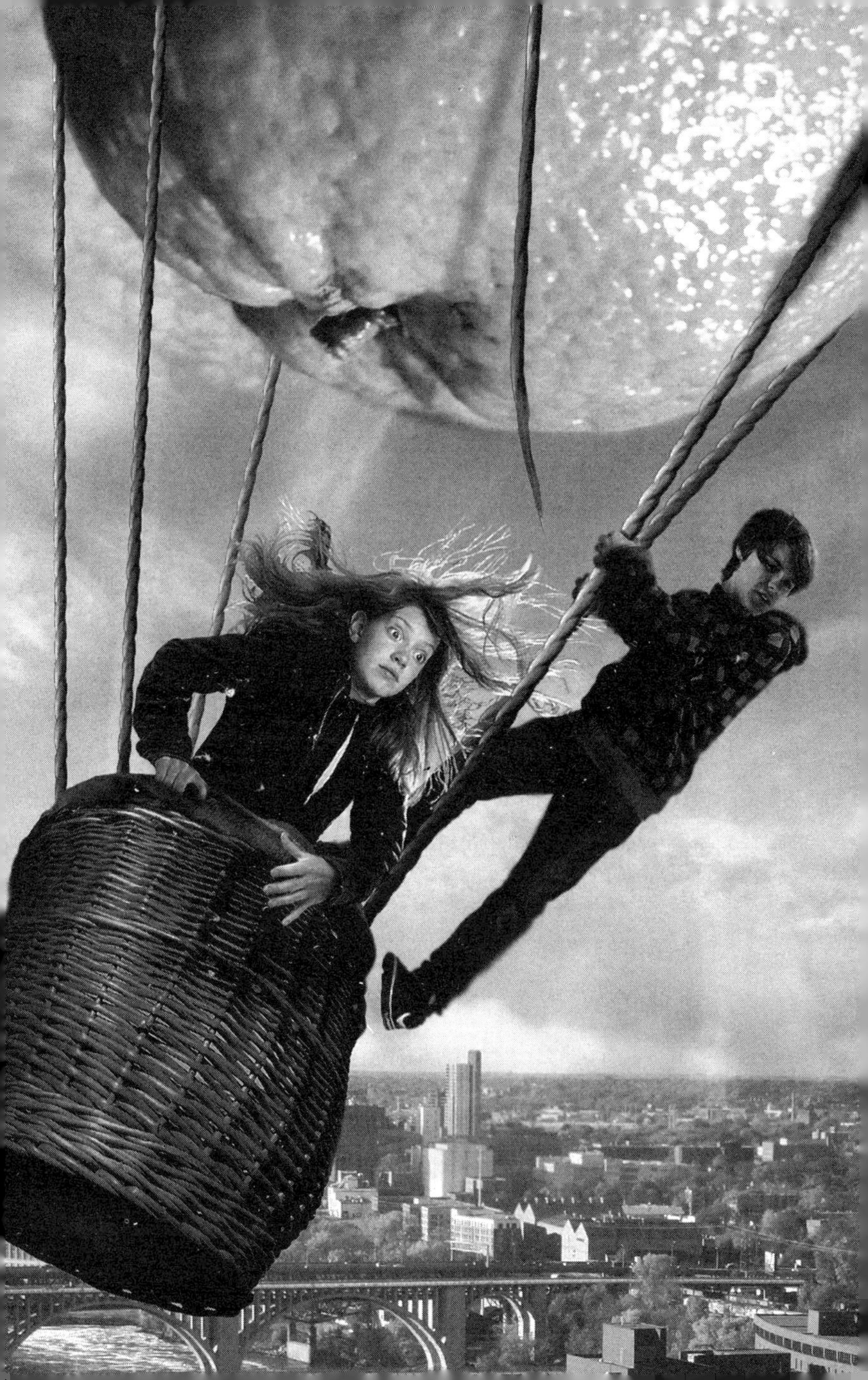

但是他没有进入篮子,而是向篮子里扔一包包软糖。

"菲利普!快上来!"

菲利普跳进篮子里。

梅兰尼娅放开天线,但是气球并没有起飞。

太重了。

她开始向外扔软糖。

"你干什么?放开我的软糖!"菲利普大叫,然后拉扯梅兰尼娅。

保安们跑向热气球,幸运的是气球摆脱了负担,终于起飞了。

刚开始,气球围着停车场飞,之后徐徐的微风将气球吹向城市上空。

两个人一言不发,菲利普手中拿着最后一包软糖,盯着包装上女模特的脸庞,梅兰尼娅则看着他。菲利普虽然坐在她身边,却好似距她千里之遥。强大的魔法包围着他,犹如一个看不见的玻璃球一般,将他隔离在世界之外。

气球飞行了十分钟后,安然降落在公园草地上,草地上空空如也。有那么一会儿,梅兰尼娅和菲利普只是静静地坐着。

最终,梅兰尼娅说:"菲利普……回家吧,求你了。"

"不。"

"所有人都为你担心呢,我也是……"

"不关我的事。"

"菲利普。我很担心,担心你出事。"

"不关我的事。"

"但是我想帮你。告诉我,要我施什么魔法。你想要什么?"

"我要找到广告上的女孩。"

"然后你就回家。"

"也许吧……"

梅兰尼娅咬住了嘴唇,显然她一点儿也不想让菲利普见到那愚蠢的女模特,但她觉得也没有别的办法救他。在绝望之中她将椅子放到草地上,坐下并说道:

"我希望菲利普找到软糖广告上的女孩。"

她想,也许那个讨厌的模特会带着降落伞之类的东西降落下来。

但是天空中并没有人,只有一张粉红色的纸片被吹到菲利普手中。

菲利普拿起纸片,仔细地读着纸片上的字。

然后他扔掉纸片,发疯一般跑开了。

梅兰尼娅捡起纸片,粉红色的纸片上写着:"PIXI广告公司,克鲁查大街13号。"以及一张软糖广告上女孩的照片。

梅兰尼娅明白了,原来是在那里拍的广告,在那里绝对可以找到女孩的地址,可能她正是在那里上班呢!菲利普马上就要找到她了。梅兰尼娅感觉到一阵嫉妒。想到是自己施魔法变出这个地址的,她很生气。她给托西亚发了短信,抓起红椅子跑向克鲁查大街。

PIXI广告公司位于一座疯狂的粉红色建筑内部,整个建筑物都贴满了广告,其中就有ZU软糖的广告。梅兰尼娅半信半疑地走进公司。

粉红色的LED灯在天花板上闪耀,地板则是玻璃做的,透过玻璃地板可以看见员工在电脑旁工作。大厅连着好几条走廊。梅兰尼娅四处张望,想找到菲利普,但是他不在。

留着山羊胡的秃头大叔看着她。

"你是来应聘拍广告的?"他问道。

梅兰尼娅必须回答这个问题。

"是的。"她撒了谎,"我来拍广告。"

"在1号工作室,那边!"他指着向右的走廊说,"你没听懂吗?那边!"

梅兰尼娅没有办法,只得慢慢地走向那边,手里拿着红椅子。大胡子正看着她呢。

不久她就走进了大厅,大厅中间有一根玻璃柱,柱子里有游动的鱼儿,旁边粉红色的沙发上坐着十几个人,大部分是父母陪着孩子,菲利普正站在墙边。他恨恨地看着梅兰尼娅。

"你怎么跟到这里来了?快离开。"

这时广告组工作室的门打开了,有人喊道:"下一个!"

菲利普跑了进去。梅兰尼娅犹豫了一下,跟着他溜了进去。她听见身后有人喊:"哎!排队呢!不要插队啊!"

但是门已经关上了,梅兰尼娅躲在仙人掌形状的柱子后面,小心地张望着四周。

工作室相当大。天花板下面挂着反光板,照亮了圆形的舞台。舞台前面坐着一个奇怪的女人,她的嘴唇涂成黑色,额头上文着第三只眼睛。那是格莱塔·福罗根,PIXI广告公司的女老板。

她烦闷地看着舞台。舞台上一个十几岁的男孩尖叫着,仿佛正在剥他的皮一般。

男孩想要逃跑,但是他的妈妈正握着他的手,讨好地说:

"我们家雅乃克可乖了,笑得很可爱。请给他一个机会吧,他马上就笑了!"

她拉着男孩的手:"笑一笑,雅乃克。笑一下嘛!"

小男孩叫得更大声了。

格莱塔跳了起来:"女士!这小子在这里叫了一个小时了。他咬摄影师,还朝摄像机吐口水,你还在这儿跟我说他是个乖孩子!"

"在家里他都笑的……"女人说完,朝男孩嘶吼道,"你倒是笑啊!"

"你听好了!"格莱塔大叫,"我们要在威尼斯拍广告,那要花很多钱的!我才不会和一个向摄像机吐口水的疯孩子共事!"

小雅乃克充满敌意地看着她,真的吐了口水。

"带走他!"广告公司女老板大叫。

妈妈叹了口气,把小男孩拉到门边,还没走出去,小男孩就停止哭泣,开心地笑起来。

广告公司的女老板终于筋疲力尽地坐下了,她一口气喝掉了一杯咖啡,把塑料杯子扔在地上。

地上堆了几百个皱巴巴的塑料杯。她听见有脚步声,马上转过身来。她看见菲利普走到舞台上。

"你来这儿干吗?我们只要小孩子。"

她按下按钮,朝麦克风喊道:"白痴,你这个傻瓜!别往我这儿送大孩子!"

她又转向菲利普。

"你快出去!出去!"

菲利普站着不动。

"我要找到她的地址。"他静静地说。

"什么？什么地址？"

"广告少女的地址。我爱她。"

文身女人吃惊地看着菲利普。

"你说什么呢？"

"我爱她。我爱ZU软糖广告上的女孩。"

格莱塔·福罗根突然间感兴趣起来。

"你爱她吗？真的？你真的爱她？"

"对。我爱她一生一世。"菲利普轻声说。

文身女人一阵冷笑。

"可是杜德说，那张脸简直没法看。白痴！真是有眼无珠！"她从椅子上跳了起来。

她找来相机，并将它对准菲利普，说："你过来！你再说一遍你爱她！看着镜头！"

"我要那女孩的地址。"菲利普执拗地说。

"我会给你的！但是你要先说'我爱你'这句话。你爱ZU广告上的女孩吗？"

"我爱，非常爱。"

"说为什么。"

"因为她是个奇迹！"

"还有呢？"

"她很美！她是最美的！"

"真棒！我要把这个发到网站上去！"

格莱塔关闭了摄影机。

"ZU广告是我的广告,明白吗？我拍的！"

"请您把那女孩的地址给我吧,我一定要找到她。"

"过来！"

文身女人把菲利普拉到墙边的电脑旁。

梅兰妮娅跟在他们身后,站在水泥柱子后面,已经离菲利普不远了。

"你想要她的地址吗?"格莱塔问道,"你想知道你的小爱人住在哪儿吗？"

"想！"

"就在这里！她就住在这儿！"广告公司女老板一边叫,一边操纵着桌子上的电脑,"她就出生在这里。如果你想的话,她也会死在这儿！"

菲利普疑惑地看着她。

"你不懂吗?"格莱塔挥动着鼠标,屏幕上出现了ZU软糖广告的照片,菲利普兴奋地看着。

"根本没有这个女孩。"格莱塔说。

"现实中根本不存在。我用十张不同的图片合成的,这叫合成照片,你懂吗？"

她点击了一下。电脑桌面上有几个装有好多少女图片的文件夹。格莱塔把图片分散在桌面上。

"眼睛是我的,但是虹膜是马的,马的虹膜最好看,嘴巴是那个金发女人的,但嘴唇的颜色却是米奇·雅戈尔的……鼻子我用的是粉粉小姐的,我还做了改动呢……头发我用了一个中国女孩的头发。耳朵则用的是那个女孩的……这个女孩子是拼起来的,懂吗?"

菲利普惊讶地看着屏幕,屏幕上他所爱着的女孩被分成一块一块。

"广告就得这么做,小子。"格莱塔得意地笑道。

"这才能赚到钱,才能吸引你们。"

她点了几下鼠标,女孩的脸又重新聚到了一起。

广告女老板转向菲利普。

"现在你知道了吧,这女孩根本不存在,你见不到她,因为根本没有这个人。这叫合成图像。"格莱塔·福罗根站了起来。

"你现在可以走了,我可忙着呢!我要准备去威尼斯拍剪辑!"

菲利普没有动。

梅兰尼娅躲在柱子后面看到了一切,她非常不安,因为菲利普似乎不太对劲儿。大事不妙。菲利普慢慢走到放着电脑的桌子前,突然他抓起电脑,举过头顶。

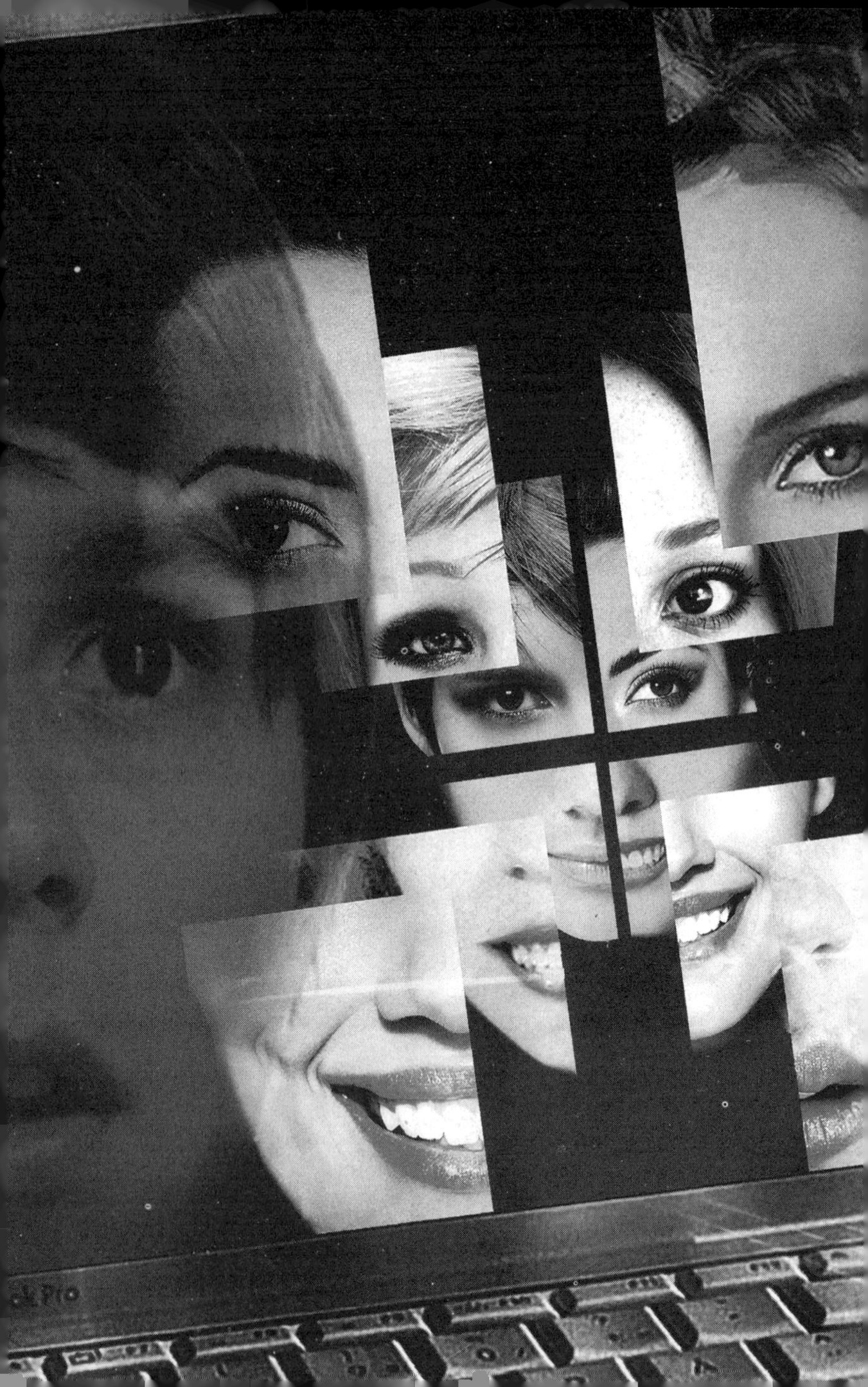

"哎呀！你快放下我的苹果电脑！"格莱塔大叫。

砰！菲利普把电脑摔在了地上，笔记本电脑摔成了几块。

文身女人跑上去抓住菲利普的手臂。

但是他挣脱了，然后一把掀翻了桌子，桌子、显示屏和其他电脑部件一起摔在了地板上，菲利普极度愤怒，见到什么摔什么。

梅兰尼娅惊恐地看着这一切。她不知道能做什么。最终菲利普摔累了，坐在一堆电脑零件中，一动不动了。

文身女人这时才回过神来，她朝麦克风大吼道。

"都德！快叫警察！我这儿有个疯子！"

她想逃跑，但是梅兰尼娅挡住了她的去路。

"请您不要叫警察，我可以让一切恢复正常。"

广告公司女老板惊讶地看着她。

"你认识这个疯子？"

"他没有疯，他只是被施了魔法。"

"又来了一个疯子……"格莱塔低声说。

"我可以把菲利普弄坏的东西都修好！您别叫别人来。"梅兰尼娅乞求。

还没等格莱塔开口，梅兰尼娅就坐到红椅子上，轻声说了什么。

摔成碎片的笔记本电脑升到空中,拼到一起;翻倒的桌子跳了起来,稳稳当当地立在地板上。

所有被摔坏的东西都神秘地组合起来,不一会儿就重新放到了桌子上,恢复了原样。

不久菲利普所造成的一切损坏都消失不见了。

广告女老板一时间看得目瞪口呆。

"你是怎么做到的?"她轻声说道,"你有超能力吗?"

"不是我,而是这椅子有超能力,因为它菲利普爱上了广告上的女孩。"

话一出口,梅兰尼娅就后悔了。

格莱塔认真地看着红椅子。

"等等……也就是说,它可以改变其他的东西?也可以改变人?"

"有时候可以。"梅兰尼娅站起来,走向菲利普。菲利普全身无力,还坐在地板上。"菲利普,过来。咱们回家。求你了……"

这次菲利普听见了。他站了起来,弓着腰,好像一个老人一般慢慢走到门边。梅兰尼娅跟着他,手里拿着红椅子。

托西亚、薇珂和库奇已经等在大厅里,当他们看见菲利普这副样子时,马上给妈妈打了电话。

不一会儿广告公司门口出现了爸爸妈妈的绿色沃尔沃

汽车。

格莱塔·福罗根还在看刚才摔成碎片的笔记本电脑,脑子里浮现着疯狂的想法,因为格莱塔一直想让全世界都听她的。

可那个小傻妞却能让那椅子完成她所有的愿望……真的……她可是亲眼看到的呢!

格莱塔跳起来,抓起麦克风。

"都德!叫车!快点!"

看到爸爸妈妈陪着自己径直往医院赶去,菲利普心里很难过。

大家都没注意到一辆灰色的保时捷正跟着他们。

一个留着小胡子的男人开着车,他旁边坐着格莱塔·福罗根。

十字路口亮起了红灯,保时捷停下了。

"你干吗呢?跟着他们!"格莱塔大叫。

"红灯!"

"你不知道这样会跟丢吗?快开!"

"真是够了!我才不会为了什么魔法闯红灯呢!我回去了!"

"白痴!那个椅子可以控制所有东西,所有人!你知道这意味着什么吗?我一定要得到它!快开!"

女人开始用手提包打小胡子男人。

"你这个疯子!"小胡子男人大叫,从车里跳了出去。

格莱塔像条蛇一样扭到驾驶座上,她无视红灯,开车跑过十字路口,差点撞上一辆公交车。

她飞速驶过大街,寻找着绿色的沃尔沃,但是爸爸妈妈的车却再也找不到了。

07

菲利普必须住院,他患了某种神秘而危险的疾病。

几天过去了,几周过去了,可是他却越来越糟。

他不吃不喝,也不和别人讲话,每天就是躺着一动不动,呆望着天花板。这哪儿是菲利普啊,从前他在哪儿都待不住的。

从前他是战士菲利普,他总是第一个去冒险,去打架,现在却终日浑身无力,郁郁寡欢。而且一天不如一天,没有医生能治好他。

"结果怎么样? 有没有好转?"爸爸问。

医生摇了摇头。

"结果很不乐观。他的心脏跳得越来越慢了,昨天每分钟脉搏50次,今天只有49次。他的心跳每天都在变慢,这孩子快要不行了。"

"肯定有办法救他的! 你们不就是救人的吗?"妈妈绝望地叫道。

"是啊,可是没办法呀。"医生静静地说,"主要问题是他根本没病,我们没法诊断出任何医学上的病症。"

"那他这是怎么了?"

医生无奈地看着她:"看起来,他失去了活下去的意愿。这种情况常常发生在人们失去亲人的时候。如果不能在一起,那就根本不想活了。但是我从没听说过一个十三岁的小男孩得这种病。"

库奇、托西亚和薇珂守在菲利普的床边,轮流照顾他。

"菲利普,如果你能康复,你可以随便打我。"库奇轻轻地说,"你随便骂我什么都可以。只要康复就好。"

菲利普没有反应。

梅兰尼娅每天都到医院来,她没有勇气见菲利普,只是站在门边,默默忍住不哭出来。

她试过很多次给菲利普的药施魔法,以让他从魔咒中解脱出来,但是都没有用,什么都没有发生。

"没用!"托西亚沮丧地说,"魔法让他爱上了那个女孩,但是她根本不存在,因此菲利普不能实现魔法,那魔法像毒药一样,正在害他。菲利普要死了!"

"全是因为我!"梅兰尼娅哽咽道,"都是我的错!"

她大哭起来,跑出了医院。当她跑过街道时,因为眼里全是泪水,所以什么也看不见,还差一点被车撞到。当她跑过马路时,灰色的保时捷一个急刹车,梅兰尼娅却一点儿也没有注意到,她继续跑着。

这时,女老板把车开到人行道上,她的车堵住了后面一辆黑色大卡车。女老板从车里跳了出来,在夏天的阳光下,她额头上文着的眼睛特别的显眼。

"就是她!"格莱塔朝小胡子男人大叫,小胡子男人正从卡车里探出头去。

"谁?"

"那个女孩,那个有红椅子的女孩。就是她!真的!我一定要找到她!"

"又开始了?"小胡子男人从卡车驾驶室里跳了出来,"听着!格莱塔!我们现在距离威尼斯有千里之遥!阿尔卑斯山上现在可能都下雪了!你想错过拍照吗!我们必须出发了。"

格莱塔不情愿地坐回汽车里。

"我总有一天会找到她。"她说道。

第二天晚上爸爸接到医生打来的电话,医生让爸爸妈妈马上到医院来。

托西亚和他们一起去了,留下库奇和薇珂待在家里。

过了一个小时,托西亚打来电话,说菲利普的状态又恶化了。医生给他服用了强效药,吃了以后他会睡三天三夜。如果这个还没有用,就得进行危险的手术,菲利普可能会失去视力。说完以后电话听筒传来了妈妈的哭声,她让库奇他们去睡觉,因为他们会很晚回来。

夜幕降临了,库奇和薇珂坐在床上,他们不想睡觉,也不想玩什么。

"薇珂……也许它能告诉我们,应该怎么办?"库奇轻轻说。

"谁?"

"红椅子。"

"但是它不会说话。"

"有什么办法吗?我们必须试一试。"

他们给梅兰尼娅打电话,但是她的手机没开机。

他们跑下楼,开始敲梅兰尼娅家的门。

是梅兰尼娅的妈妈开的门,她不高兴地看着他们。

"有什么事?"

"我们能找一下梅兰尼娅吗?"

"梅拉已经睡……"

这显然是假的,因为梅兰尼娅的妈妈不喜欢他们,不想让女儿见他们。

库奇看见梅兰尼娅已经从房间出来了,但是她的妈妈快速说了一声"再见",就关上了门。

孩子们只得回家。没有梅兰尼娅,什么魔法也没法用。幸运的是几分钟后他们听见了轻轻的敲门声,孩子们跑到门廊上。

"谁呀?"

"梅兰尼娅……"

他们打开门,松鼠马上进来了,她只穿着睡衣。

"你妈妈把你放出来了?"薇珂问道。

"不是。我趁妈妈上厕所时逃出来的。怎么了?"

"我们想问问红椅子,接下来该怎么办。我们想让它告诉我们,怎么去救菲利普。"

梅兰尼娅想了想说:"我觉得这是可行的,要想办法让它告诉我们。"

"我们要试一试。"

梅兰尼娅坐到红椅子上小心地说:"我希望你能告诉我们,如何拯救菲利普。"

过了一会儿什么也没有发生。

突然,不知从哪里飞出来一个金纸包着的小包裹,掉在桌子上。

孩子们小心翼翼地打开它,一股巧克力和杏仁的味道飘了出来。

"它给我们巧克力吗?"库奇很奇怪,"为什么?"

但是包里面并没有巧克力,只有一些小小的深棕色字母,看上去像蚂蚁一样,每个字母最多有一毫米那么大。

"我不明白。我们要把这个拼成一封信吗,像个谜一样?"

"不可能吧。"薇珂说,"这太多了。"

"也连不起来啊。"库奇说。

梅兰尼娅拿起一个字母。

"它真的是用巧克力做的。也许可以吃?"

"你别碰它们!可能有毒的!"库奇叫道,"可能是给生病的菲利普的。"

"对。"梅兰尼娅小声说,"如果我们要救菲利普,我们就必须知道信里写了什么,我们必须要冒险试一试。我必须冒这个险。"

她一把抓起那些字母,吞到嘴里。

"梅兰尼娅,不要!"薇珂吓坏了。

但是梅兰尼娅已经把它吞下去了。

"挺好吃的……"

她又抓了一把字母吃了下去,看上去仿佛在吃一把蚂蚁。

"怎么样?"薇珂轻轻说。

"目前为止还……"

她突然间停住了,仿佛被冻住了一样。库奇和薇珂不安地看着梅兰尼娅。只见她闭上了眼睛,突然开始说话。她说得很慢,似乎在重复台词一样。

"你们现在所听见的,这世界上还没有人知道……"她低声说,"我只说一次。"

库奇和薇珂赶紧凑上前去,认真地听梅兰尼娅低声讲话。

"红椅子乃是用魔力树制作而成的,我的体内只有魔力树巨大法力的一部分,我也没法拯救陷入不幸爱情中的人,因为爱情有着巨大的力量,是我无法改变的。"

"那我们怎么拯救菲利普呢?"

"魔力树的力量隐藏在许多法器之中。"

梅兰尼娅悄悄地说:"其中有一座遗忘之桥。只要走过这座桥,就会忘记所爱的人。这座桥可以将深陷在不幸爱情中的人从回忆与哀伤中解救出来。"

"遗忘之桥在哪里?"库奇和薇珂齐声问道,却忘记了梅兰尼娅不能回答。可是红椅子似乎知道他们要问什么。

"遗忘之桥,唯有勇者可以到达,然而只有智者可从那里安然返回。"

梅兰尼娅低声说道,"你们要记住,这座桥既是最大的也是最小的。你们要赶快出发,否则,就太晚了……太晚了……"

最后一句梅兰尼娅说得很慢,很轻,然后她沉默了。

"梅兰尼娅!"

小姑娘慢慢睁开眼睛,仿佛从恍惚中清醒过来。

"梅兰尼娅,我们去哪儿呢?"

"不知道……我怎么会知道?"

"可是都是你说的啊?"

"我什么都没说啊……"

库奇和薇珂迷惘地面面相觑。

"我们怎么办?"

"它说,如果我们想救菲利普的话,必须马上出发。"

"可是去哪儿?"

他们看着红椅子,只见椅子跑向书架,孩子们跟着椅子,红椅子撞了撞书架,一本世界地图从书架上掉下来,书页打开,上面是一幅城市地图。正在这时一杯咖啡掉了下来,咖啡滴在地图上,形成了一个小小的黑色记号,记号旁边写着:

"学院桥。"

库奇跪在地图集旁边。

"这是哪里? 快说!"梅兰尼娅和薇珂大叫道。

库奇抬起头犹豫地说:"威尼斯……"

"威尼斯?"薇珂激动地大叫,"那在意大利,那么远!"

库奇合上了地图。

"快走!快!"

他跑到门口。

"库奇,等等!别做傻事!"薇珂大叫道,"我们还要准备包裹……"

"我们之后再施魔法,梅兰尼娅带着椅子,和我们一起去。"

他们冲下楼梯,跑到街道上。

在家门口梅兰尼娅停住了。

"等等,我……哪儿也不能去,我妈妈知道我从家里跑出去会疯掉的。"

库奇冷冷地看着她。

"你到底想不想救菲利普?"

在梅兰尼娅回答之前,她家的窗户打开了。

"梅兰尼娅!你疯了吗?"她妈妈从窗口探出头来,"你穿着睡衣在大街上干什么?给我马上回家!"

"妈妈……"

"你是不是想感冒啊?马上回家!听见没有!"她妈妈看向库奇和薇珂,"我会告诉你们爸妈,说你们半夜在街上乱晃。"

库奇和薇珂抓起椅子跑了,不一会儿就躲到了黑影里。

梅兰尼娅站在家门口,她一动不动地看着小伙伴们跑开。

"梅兰尼娅,回家!"他妈妈叫道。

但是梅兰尼娅没有移动半步。

"你没听见我说话吗?马上给我回来!"

但是梅兰尼娅没有反应。

这时薇珂和库奇拐进了一条小巷子。

他们又跑了几百米,躲进了一道大门。

"可是没有梅兰尼娅,有什么用呢?"

薇珂上气不接下气地说。

"没有魔法我们去不了威尼斯,他们会抓到我们。"

库奇一时没了主意,不知道该怎么办。

突然间,他们听见了一阵脚步声,有人正从街上向他们跑来。

库奇和薇珂不安地看看彼此,可能是梅兰尼娅的妈妈!

就在他们要向小巷里继续跑的时候,从街角跑来了——梅兰尼娅!

她喘着粗气站在他们面前:"我跟你们走!"

首先他们施魔法给梅兰尼娅变出了衣服和鞋子,因为她是穿着睡衣和拖鞋从家里跑出来的,还掉了一只鞋。

然后他们前往医院。

已经晚上十点了。

整个医院已经悄然入睡。

大部分病房都已经熄灯,只有走廊上还有蓝色的灯光。

他们走进菲利普住的那间病房,值班护士去厨房泡咖啡了。

他们蹑手蹑脚地走了进去,菲利普正静静地躺在床上。

他们以为,爸爸、妈妈和托西亚肯定也在屋里静静地睡着,但是他们都不在,显然他们已经回家了。菲利普睡着了。

桌上放着药片。

库奇注意到,这些药片和之前给他哥哥的药片不一样。

"现在怎么办?"库奇问。

"我们应该回家把所有的事情告诉爸妈。"薇珂说。

"妈妈肯定不会同意我们使用魔法的。"库奇轻轻说,"她觉得红椅子只会干坏事。"

"这不是椅子的错,都是我的错。"梅兰尼娅抗议道。

"但是爸爸妈妈不这样想。"

"如果我们想救菲利普的话,就要自己去威尼斯。"薇珂坚决地说。

"可是怎么去呢?如果我们不跟大人一起去,他们肯定来追我们。他们会抓到我们,把我们关到家里。"

"我们要不要隐形?"梅兰尼娅问。

"这不适合长途旅行,我们可能错过汽车或者丢掉椅子,隐形椅子很容易丢的,对不对?"

"我们要不要变成大人?"

"我才不要变成大人!绝对不要!"薇珂抗议道。

"最好还是不要变成大人,因为那样我们的大脑会出现问题。"库奇说,"我们可能会变得吝啬,菲利普也不会和我们一起了。"

"要不我们变一个保姆出来吧。"薇珂建议道。

"然后呢?"梅兰尼娅问。

"就清除魔法呗?"

"那怎么行,那不是谋杀吗?"

"对。"

大家陷入了沉默,一时间没了主意。

突然库奇跳起来喊道:

"我知道了!知道了!我曾经想过我们该怎么办的!梅兰尼娅你坐到椅子上,照我说的下命令,但是一定要说得很具体!"

梅兰尼娅不安地说出库奇的愿望。

他们为这个魔法感到害怕,因为这次施的魔法是之前从来没有过的。

他们看着门的方向。薇珂咕哝了一句:"这次我觉得我们有麻烦了。他们可能要把我们撕碎或者用激光烧死我们。"

"不会有麻烦的。"库奇安慰她们说,"我想得很周全……"

一阵敲门声响起,大家犹豫地相互看着。

"请进。"库奇说。

门把手动了动,门渐渐打开了。

一个穿着黑色条纹西服的老人走了进来。

他很高,头发已经花白,长得很像库奇的爷爷。

他僵硬地走着,似乎肌肉酸疼,走到孩子们面前后他停住了。

老爷爷深深地鞠了一躬。

"大家好。"他说,嗓音很友好但有点奇怪。他笑了一下,伸出了手。库奇犹豫地伸出了手,老爷爷握了握他的手。

"哎呦!"库奇大叫起来。老爷爷马上放开他的手,说:"真对不起!"

库奇吹着手。薇珂走上前问:"我能看看吗?"

"请吧。"老爷爷微笑着说。

薇珂掀起他的袖子。只见袖子下面是一段金属结构,是铁做的管子,以及闪着光的导线,只有手是柔软的材料做成,似乎是皮做的。

"哎呀!这是个机器人!"

"是的。没错!"

薇珂走到微笑的老爷爷的后面,敲了敲它的背。

她听到坚硬的钢铁发出的声音。

"它全身都是铁做的!"

"不是铁,是钛。"库奇骄傲地说,"钛比铁强大一百倍。"

"库奇,它能干什么?"

"一切。我想象出的是世界上最厉害的机器人。"库奇走到微笑的老爷爷跟前,"请问你会开车吗?"

"我开得很好!"

"它会唱歌、做饭、扛包裹,非常强壮。如果遇到危险,它可以保护我们,对吧?"

"当然。"

机器人突然跳起来在空中旋转,发出强烈的光芒,变成

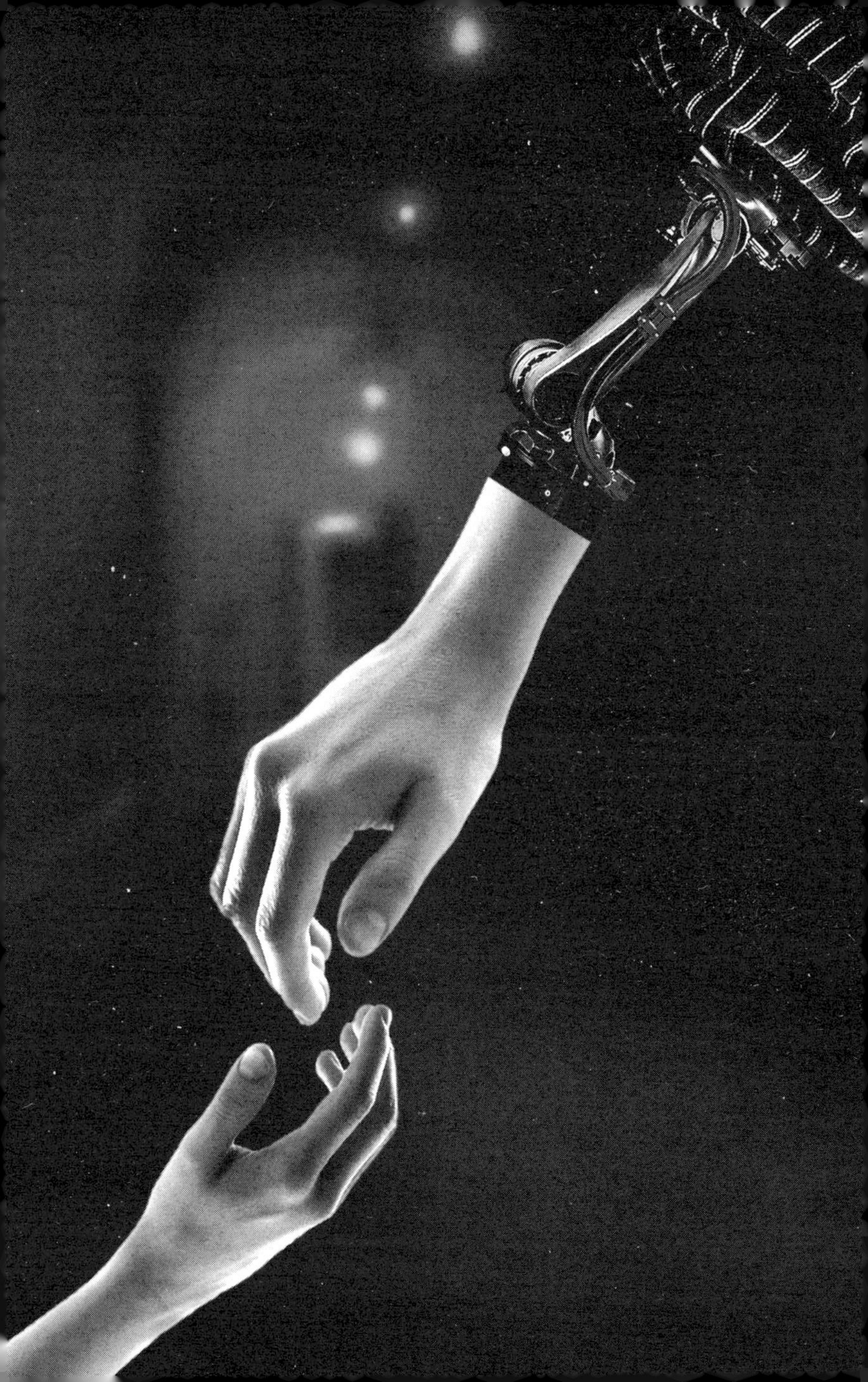

了一个可怕的战士。它掀起一阵风,差点将孩子们掀翻在地。大风刮翻了物品,砰的一声吹开了窗户。

幸运的是,几秒钟后,机器人落在地板上,重新变成了一个友善的老爷爷。

"这个机器人好棒呀!"薇珂叫道,"我们叫它鲍比罗比吧。加油,鲍比罗比!"

库奇看看菲利普。他知道,要是菲利普看见这个机器人会喜欢得不得了。

但是菲利普还闭着眼睛。他躺在床上一动不动,睡得很沉。库奇站在睡着的哥哥旁边。

"哎,我们怎么把菲利普带去呢?"

"也许……"梅兰尼娅轻轻地说,"……算了吧……这个想法太傻了。"

"你说来听听。"

"有一次我睡着了,梦见菲利普恢复了健康。可是他变得很小……"

"你有什么想法?"

"就是……把菲利普变小。如果菲利普只有电话这么大的话,可以给他变出小屋子和小床,然后我们就可以安全地旅行了。"

"绝对不能这样!"库奇叫道,"菲利普要是发现他比我还小,肯定会气疯的!如果他知道是我们把他变成了小矮人,他会直接杀掉我们。"

"库奇,我绝对不想做伤害菲利普的事情。"梅兰尼娅轻轻地说,"可是只有这样,我们才能和他一起旅行。"

"她说得对。"薇珂说,"如果我们要把菲利普带到威尼斯去,就必须把他变小,没有别的办法。"

库奇看了看哥哥,叹了口气:"我觉得肯定会有麻烦……"

08

他们离开医院时已经夜里十二点了。

他们从后门溜了出去。梅兰尼娅看看手里的小房子,她好似拿着最贵重的宝物一般,因为房子里微型的小床上睡着变小的菲利普。库奇本想自己带着小屋子,但是梅兰尼娅再三请求,她希望能亲自照顾小菲利普。

医院门口停着孩子们变出来的魔法汽车——一辆金色的大轿车,车前盖上画着天使,驾驶座上坐着鲍比罗比。

孩子们把红椅子放到行李箱里,然后上了车。本来他们肯定会因为这大轿车高兴得不得了,但是今天大家都没有这个心情。孩子们都忐忑不安,不知是不是踏上了一段艰险的旅程。机器人发动了汽车,马力十足的轿车震动起来,在黑夜里出发了。

汽车里有淡淡的皮质座椅和桂皮的气息,不一会儿库奇和薇珂就在轻轻晃动的汽车里睡着了。只有梅兰尼娅还没睡,她时不时地看看小屋子,小小的菲利普在他小小的床上睡着了。梅兰尼娅注意到,他的毯子掉了,于是她小心地给菲利普盖上。她必须非常小心,因为她的一只手就比菲利普整个人还大,她用手指尖摸了摸菲利普的额头,看看菲利普有没有发烧。

"不要害怕,菲利普。"她轻轻地说,"我会救你的,我一定会的!"

机器人微笑着看着前方的路,突然开始轻声地唱起歌来。

"安静,鲍比罗比!"梅兰尼娅轻轻地说,"别把菲利普吵醒了。"

机器人马上说:"真对不起!"然后就停止唱歌了。

虽然梅兰尼娅一直努力保持清醒,但后来还是睡着了,就在她睡着之前,还没有忘记照看变小了的菲利普。

机器人回头一看,孩子们都睡着了,于是他关掉轿车后面的灯,并加快了车速。汽车飞速行驶在空旷而黑暗的马路上。

阳光唤醒了孩子们,醒来时他们发现车已经停了。

第一个睁开眼睛的是库奇。刚开始他不知道自己在哪儿,过了一会儿才清醒过来,四处张望。

几辆汽车正排队停在一栋大楼前面。建筑物上插着红白绿的旗帜。

只见大楼上写着"意大利共和国国界"。周围群山环绕。库奇虽然还有点儿困,但尝试着回忆地图。看起来,昨天晚上他们行进了几千公里!

边界上的大门打开了,其他汽车顺利地开了过去,但一个穿绿色制服的士兵朝他们走了过来,指示他们把车开到旁边去。

机器人小心地把轿车开到指定方向,停住了车。

士兵微笑着看看库奇和刚醒的薇珂与梅兰尼娅,然后对机器人说:

"请您出示护照。"

万幸的是梅兰尼娅早就把需要的全部文件都变出来了,而且还施魔法让大家都听得懂意大利语。

"您请看。"

机器人把文件交给士兵,士兵看看护照并问道:"这是您的孙子孙女么?"

"对。"

"小孩真可爱!"

"是啊,非常可爱。"

士兵探身看看汽车里面。

"好可爱的玩具。"他说,然后敲了敲梅兰尼娅拿着的小屋子,"我能看看吗?"

梅兰尼娅摇摇头,紧紧抱住装着小菲利普的小屋子,库奇和薇珂不安地看看彼此。

如果士兵看到变小的菲利普,麻烦就大了……

但他只是朝梅兰尼娅笑了笑,把护照还给了她并挥了挥手。

"走吧!"

曲折的山路沿着陡峭的山峰蜿蜒而上,越来越陡峭了。山峰如刀削一般,山顶被白雪覆盖。孩子们惊奇地看着眼前的景色,因为平原上还是温暖的秋天,而这里已然是寒冬了。

突然间他们听见小小的噪音,开始他们还以为是汽车发出的,但后来发现是从机器人头部传出的。

"它怎么了?"薇珂轻轻问。

"不好……"库奇叫道,"可能没电了!"

"你难道没给他设计太阳能电池吗?"

"他有太阳能电池,但是现在没有太阳。"

机器人突然扭转方向盘,把车开到路边。

"鲍比罗比!你往哪儿开呢?"

"需要充电了!非常需要!"

不一会儿,在树后出现一座大楼,楼上挂着写有"大熊之家"的招牌。饭店门上挂着石刻的熊头。

机器人停下车。它第一个走下车,看起来很紧张,似乎在找谁,然后它跑进了大楼。孩子们跟着它跑了进去。梅兰尼娅还带着装着菲利普的小屋。因为很冷,她用自己的外套盖住了房子,自己仅仅穿了一件毛衣。

机器人一阵风一般地跑进饭店,孩子们跟在后面。

大厅里有很多盖着白色桌布的桌子,大厅的尽头是一个大壁炉,里面正燃着炉火。

看到一个老爷爷像一个着急上厕所的小孩子一样,急匆匆地冲进饭店,服务员感到很奇怪。机器人带着几个孩子在墙边的一张桌子旁边坐下。饭店的客人们也非常奇怪地看着他们。孩子们在机器人旁边坐下。机器人的耳朵里有一根导线发着光,一闪一闪的好像一只爬动的毛虫。还好耳朵是朝着墙的。

当导线插头插到电插座里,饭店里的灯立刻全都熄灭了。机器人站了起来,他的眼睛重新亮了起来,他露出了微笑,说:"很好,非常好。"

"鲍比罗比,把耳朵关好。"库奇紧张地说。

服务员向他们走来。

"您好!您坐了别人的位子。"

他们回头一看,一对夫妇带着一个小男孩不高兴地看着他们,小男孩朝他们吐了吐舌头。

"我们的爷爷就想坐在壁炉旁边……"薇珂马上说。

"对,我想坐在壁炉旁边。"

"好吧。你们想点菜吗?"

"当然。"

服务员把一份菜单放到桌上。

大家开始认真地看菜单。

"我想吃玉米片。"库奇说。

"我想吃水果沙拉。"梅兰尼娅补充。

"我要一盘奶酪。"薇珂说,"还有可可。"

"我们要三份可可加牛奶!"库奇大声说。

"好的,这位先生呢?"服务员看着机器人。

"不用了,谢谢。"

"我们的爷爷不饿。"

服务员怀疑地看了他们一眼,然后去了厨房。

还好她没有注意到"爷爷"耳朵上面的导线。

吃完早饭后,梅兰尼娅低头看看小屋的窗户,小心地看着菲利普。

他睁开了眼睛,但似乎没有注意到自己被变小了。因为床还有整个房间都和他一起变小了。他躺在那里,看着天花板,不一会儿就闭上眼睛,再次睡着了。

"松鼠?"

"怎么了?"

"你得变点钱出来,我们要付账。"

"好的。"

梅兰尼娅把装着菲利普的小屋子放到座位上,去汽车后备箱里拿红椅子去了。

"我们要不要再来份甜点?"薇珂问,"有很多好吃的。"她看着装各种美食的架子。

库奇和薇珂跑到绿色的柜子前,柜子上满是布丁、冰激凌和饼干。服务员向他们走来。

"你们想点什么?"

"请来一份柠檬冰激凌。"库奇说。

"我要一份猕猴桃布丁。"薇珂也要了甜点。

"好。马上就好。"

孩子们回到桌旁。突然间库奇恐惧地大叫:"小屋子怎么不见了!有人偷走了菲利普!"

椅子上的小屋子不见了,里边还装着变小的菲利普。有人把他拿走了。

库奇紧张地四处张望。他看见一个小男孩在地板上玩着他们的小屋子,就是那个之前定好座位的夫妇的小孩。小男孩正在把房子顶打开。

"放下!"

库奇和薇珂向他跑去,但小男孩还是把房子打开了,而且拿到了小床和睡着的菲利普。

"放下!"

小男孩朝他们吐了吐舌头,逃跑了,手里紧紧地攥着小床和菲利普。

库奇心里一惊。如果菲利普掉在地上,就会撞到石头地板。

小男孩从大厅里跑了出去,库奇和薇珂追着他也跑了出去。

小男孩的妈妈大叫道:"马切洛,快回来!"

小男孩跑向厨房的方向,库奇和薇珂紧紧追赶。他们撞到了端着甜点的服务员。服务员手里的托盘飞了出去,盘子里的玻璃碗碟全摔碎了。

"你们干什么?"

库奇没理她。他们跑进了厨房,厨房里厨师们正在不锈钢的台子上做菜,他们拿着菜刀切着黄瓜、西红柿。汤锅里正咕噜咕噜煮着汤和各种酱汁,平底锅里几颗橄榄吱吱作响。小男孩露出微笑,如同要进行大冒险一般,他手里还攥着小床和缩小的菲利普。

"放开他!"

"不!"

"薇珂,你去那边!"

薇珂向右边跑,库奇跑向左边,他们把这个小绑架犯包围了。

厨师们迷茫地看着他们。有一个人愤怒地喊了一句,然后伸手去抓库奇,但是库奇躲开了,跑向小男孩,小男孩想从另一个方向逃走,但是他的路被薇珂堵住了。

"放下!"

"不!"

小男孩把手中的人质扔了出去,菲利普和小床向灶台飞去,库奇吓得大叫起来。万幸的是菲利普没有落在滚烫的油锅里,也没有落在烧开的汤锅里,而是掉在沙拉碗里,菜叶起到了很好的缓冲作用。库奇毫不犹豫地跳上桌子,在厨师们的惊叫中打翻了各种碗碟。他跪下来,俯身把变小了的哥哥从沙拉碗中绿色的叶子里拉了出来,薇珂则把小床捡了起来。

这时厨师们抓到了孩子们,然后把他们拽到桌子旁边,生气地大嚷大叫。

"熊孩子!"

"看看你们糟蹋了多少食物?"

"你们得赔!"

"你们的爸妈呢?"

突然门开了,门口站着鲍比罗比。它严肃地看着厨师,厨师手里正抓着还在挣扎的孩子们。

之后发生的事情,真是难以描述。仅仅五秒钟,犹如火山爆发或者恐龙袭击,机器人以迅雷不及掩耳的速度击倒了厨师。它把孩子们从厨师手里救出来,推到一边儿去。在厨师们想要抓住机器人的时候,机器人跳到空中,飞速旋转起来,它发出耀眼的光,一时间所有人都无法睁开眼睛,然后它又掀起了一阵狂风。只听一声巨响,屋子里玻璃都震碎了。机器人重新落到地面时,厨房里已经没有一件完整的器物,地板上散落着各种东西。厨师们有的被挂到灯上,或者被塞进了锅里。墙上则贴满了西红柿和火腿片,番茄酱和蛋黄酱正从上面滴下来。大冰箱被狂风吹到了房顶,主厨从冰箱里探出头来,惊恐地看着机器人,吓得说不出话。

"鲍比罗比!快停下!停!"受到惊吓的库奇大叫道。

机器人马上停住了。

"我们快走!"

他们和机器人一起跑到出口。薇珂没有忘记从地板上捡起菲利普的小房子,然后他们跑到停车场。

汽车旁边梅兰尼娅正坐在红椅子上,她正要变出早餐的饭钱。

"梅兰尼娅!快多变出些钱来……"库奇喊道。

"多少?"

"很多!他闯祸了!五千,不,一万块吧。"

梅兰尼娅说出了愿望,钞票即刻从天而降。孩子们收好椅子,跑到车里。

当厨师和服务员从饭店里跑出来时,豪华轿车的轮胎正发出尖锐的摩擦声。停车场上的饭店员工们目瞪口呆地看着漫天飞舞的钞票。

机器人开车行驶在陡峭的山路上。只见前方路标上写着布莱奈罗山口。

山路空空荡荡,盖满了白雪,车子向着雪花飘来的方向蜿蜒而上,路两边的山坡上长满了高大的云杉树。机器人小心翼翼地开着车,它四处张望,观察着有没有危险的弯道。

突然,发动机咆哮起来,车轮开始打滑,在原地不动了,轮胎下的雪让汽车难以攀上陡峭的山坡,停在通往山顶的路中间。

"鲍比罗比,我们怎么离开这里?"库奇问。

"我当然知道。"

机器人关掉发动机,从车上走下来,跑到车的后面去,它撑住后备箱开始推车。

汽车突然开始动了,先是慢慢地,然后越来越快。机器人推着汽车向山顶的方向前进,如同玩游戏一般!孩子们大叫:

"哇!真棒!"

"鲍比罗比!你最棒了!"

"前进!"

"加油!"

就在离山顶很近的地方,机器人似乎累了,推得越来越慢。

最后它终于停住不动了,离山顶只有几十米。

"嘿! 前进啊! 鲍比罗比! 还有一点儿了! 你行的!"孩子们大叫。

但是机器人没有反应。好像瘫痪了一般站在那里,大家都从车上下来了。

"糟糕……这次是真的没电了,没有能量了。"

"可是它不是充电了吗?"

"时间太短了。"

"没关系。"库奇说,"我们用魔法变出新的电池就可以。"

他们小心翼翼地把机器人拉到汽车旁边,然后走向后备厢取红椅子。

可是,就在这一刻,不幸发生了。

没有机器人抵住汽车,汽车开始向后滑去,滑向陡峭的山路的另一边。

"我们没有拉手刹!"库奇哀叫道。

"菲利普还在车里!"梅兰尼娅惊恐地大叫。

菲利普和小房子还在车里。孩子们追着汽车跑去。轿

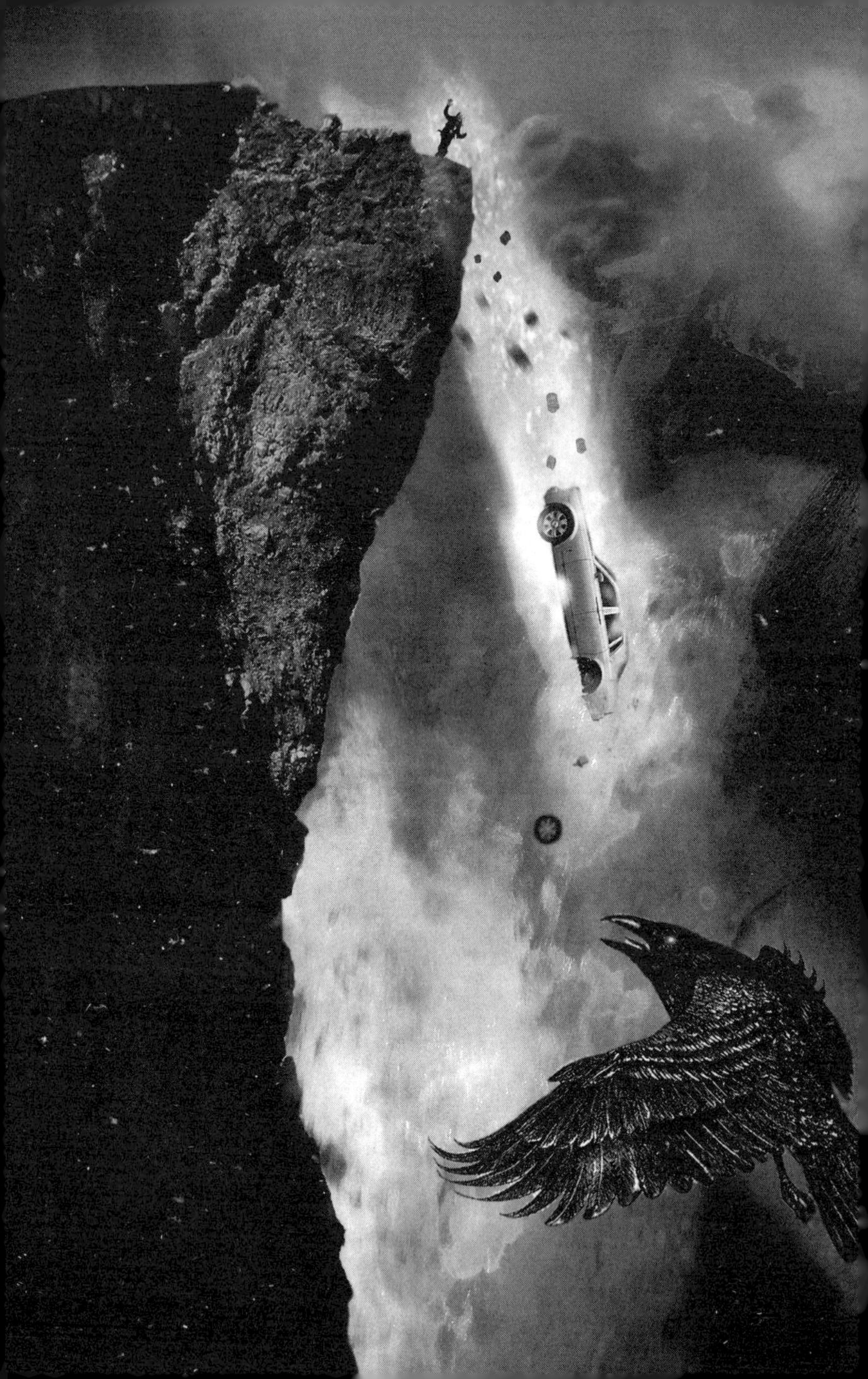

车从山顶向下滑,越滑越快。

他们无法施魔法让车停住,因为椅子在后备箱里。

他们只能追着下滑的汽车,祈祷着有什么东西能在大雪覆盖的道路上拦住它。山路很滑,每分钟汽车都在加速。梅兰尼娅跑得最快,她跑在所有人前面。垂直的道路到头了,山路开始拐弯,路边是深深的山谷。

砰!

汽车倒退着撞到护栏上,护栏被撞破了。汽车坠向山崖。

梅兰尼娅跑到路的边沿,她看见汽车坠下山崖。先是打开的车门撞到石头,然后汽车撞到巨岩,反弹了一下,又向下摔了几十米,最后落到山谷的底部,摔在了雪地里。

"菲利普!"

梅兰尼娅毫不犹豫地翻越破损的护栏缺口,沿着汽车的轨迹追去。山坡越来越陡,最后梅兰尼娅沿着陡峭的山坡滑起来。她没法停住,滑得越来越快,如同一块疯狂的滑雪板,溅起一片雪花。她不时撞到凸起的石头和树桩,非常疼。她尝试抓住什么东西,但是都失败了,散开的雪块把她拖向山底,非常危险。在陡坡的中间有一块凸起的石架,梅兰尼娅终于停在了石架上,石架上厚厚的白雪救了她。

梅兰尼娅摔在雪堆里,完全被白雪覆盖了。她所在的地方距离山谷底部还有大约一百米,而她上面则是突出的山岩,她既不能从那儿爬上去,也不能下到山谷里。梅兰尼娅被困住了。

这时,库奇和薇珂跑到撞坏的护栏旁边,库奇也想追着梅兰尼娅下去,但是薇珂阻止了他。

"这没有用!这是自杀。"

"可是我们必须救菲利普和梅兰尼娅!"

"等等!我们必须沿着山路走到山谷下面!否则我们都得死!"

库奇和薇珂顺着山路下到山底。这时突然起风了。

雪片纷纷从树枝上飞下来,乌云被吹开,露出了太阳。阳光直射到还站在布莱奈罗山口的机器人身上。机器人颤抖了一下,睁开眼睛。

撞坏的汽车躺在山谷底部的雪堆里,一个车轮掉了下来,挂在树枝上,车门大开着。因为受到了撞击,收音机打开了,居然在放音乐。

这时一只大鸟飞了过来,落在车顶,好奇地瞧着汽车。不一会儿它又降落在雪上,然后钻进了车里。车座上放着小房子,房顶掉了,大鸟小心地把头伸进屋子里,看着还躺在床上的小菲利普。它黑色的眼睛紧盯着睡着的男孩。

最后大鸟低下头用嘴叼起了小床和菲利普。它从车里出来，嘴里叼着这只奇怪的"昆虫"。它本要一口吞掉菲利普，却听见了一阵呼啸声，一阵遥远而沉重的脚步声，受惊的鸟扇动翅膀，升到空中。

梅兰尼娅从雪里爬出来，她在距离山谷大约一半的地方。她不能从那儿爬回山顶。只有直升飞机能把她救走，但是梅兰尼娅这时并没有想到自己，她从山岩边上探出头去，看向山谷底部。在她一百米之下的山谷里躺着摔坏的汽车。梅兰尼娅想着怎么才能到车那里去，但是根本没有办法，悬崖太陡峭了。她必须一动不动地趴在雪地上，才不至于从岩石上滑落。阳光照到山岩上，白雪马上变得闪闪发光，梅兰尼娅不得不眯起眼睛。一道阴影掠过她的面颊。她看向天空，一只大鸟在天上盘旋。

幸运的是，阳光使机器人重新充满了能量，它的眼睛闪闪发光。机器人回过头，寻找着孩子们，然后它动了起来，开始很慢，之后越来越快。

库奇和薇珂沿着山路向谷底前进，因为在斜坡上跑了很久，他们的腿很疼。从公路上下来，只有林间小道了。

"我们从那边下到谷底去，车就在那里！"薇珂大叫，"我确定！"

他们向森林进发，但是在林间小道的边上他们看见了一个红色的标牌，上面画着一只大熊。

"这是什么意思?"库奇不安地问。

"可能这里有熊。"

"糟糕……"

"冬天熊都要冬眠的。走吧!"

薇珂和库奇沿着云杉树间的小道穿行。小路很难走,因为积雪太厚,他们的腿陷在深深的雪里。雪片从树梢上飞下来,钻到他们的领子里。更糟糕的是,库奇想起有电视节目曾经讲过,有些熊冬天不冬眠,它们情愿从洞里出来找垃圾吃。然后他又想起,有些熊还会吃游客。他想告诉薇珂,但还是忍住了。

狭窄的小路向森林深处蜿蜒。高大的树林遮住了光线,愈来愈暗。

这时梅兰尼娅听见窸窸窣窣的声音,是鸟在扇动翅膀。一只大鸟降落在她所在的山岩上,离她并不远。

鸟嘴里衔着猎物,似乎是一只老鼠……梅兰尼娅向前凑了凑,看见鸟嘴里的猎物闪着光,是一张小床还有菲利普!被子下面露出他的一只赤脚。梅兰尼娅着急得只想大叫,但还是忍住了。她知道如果把大鸟吓跑了,就永远找不到菲利普了!

她慢慢向鸟的方向靠近。

机器人此时也向谷底跑去,它跑得越来越快。阳光在雪地上反光,使得机器人的能量全部充满。走到山下时,机器人停下来观察着向山林间前进的足迹。机器人犹豫了一下,然后也在那里转向了,它沿着孩子们的足迹前进。突然间,它注意到,在孩子们小小的脚印旁边出现了其他足迹,大爪子的足迹……脚印很深,看起来是很凶猛的野兽。机器人的眼神更加锐利了,它看到了危险,开始跑起来。

09

梅兰尼娅爬向鸟的方向。她用膝盖和胳膊肘爬行，尽可能地不发出声音。但是大鸟还是听见了声音，转过头来。它展开翅膀，打算马上飞走。梅兰尼娅还是离它太远了，她不能跳起来，夺取它嘴里的猎物。

"把菲利普还给我……"她轻轻地乞求道，"还给我……求你！"

这时奇迹出现了。大鸟将小床和菲利普放到雪地上，然后飞走了。

它是去追捕下一个猎物了吗？也许它听见了她的乞求？也许梅兰尼娅有和动物沟通的超能力？

小姑娘赶紧说了一声"谢谢"，然后马上把变小了的菲利普放到手中。还好菲利普没有受到什么伤害。梅兰尼娅摘下外套上的帽子，然后小心翼翼地把菲利普和小床放到里面。她觉得这是最安全的方式，虽然她的头有点儿冷，但是没有关系。梅兰尼娅往四周看了看，似乎没有任何办法攀到山顶上去，也没有办法下到山谷底下。她只能抓住石缝间的杂草，沿着岩石移动。在她之下是百米悬崖，梅兰尼娅爬到

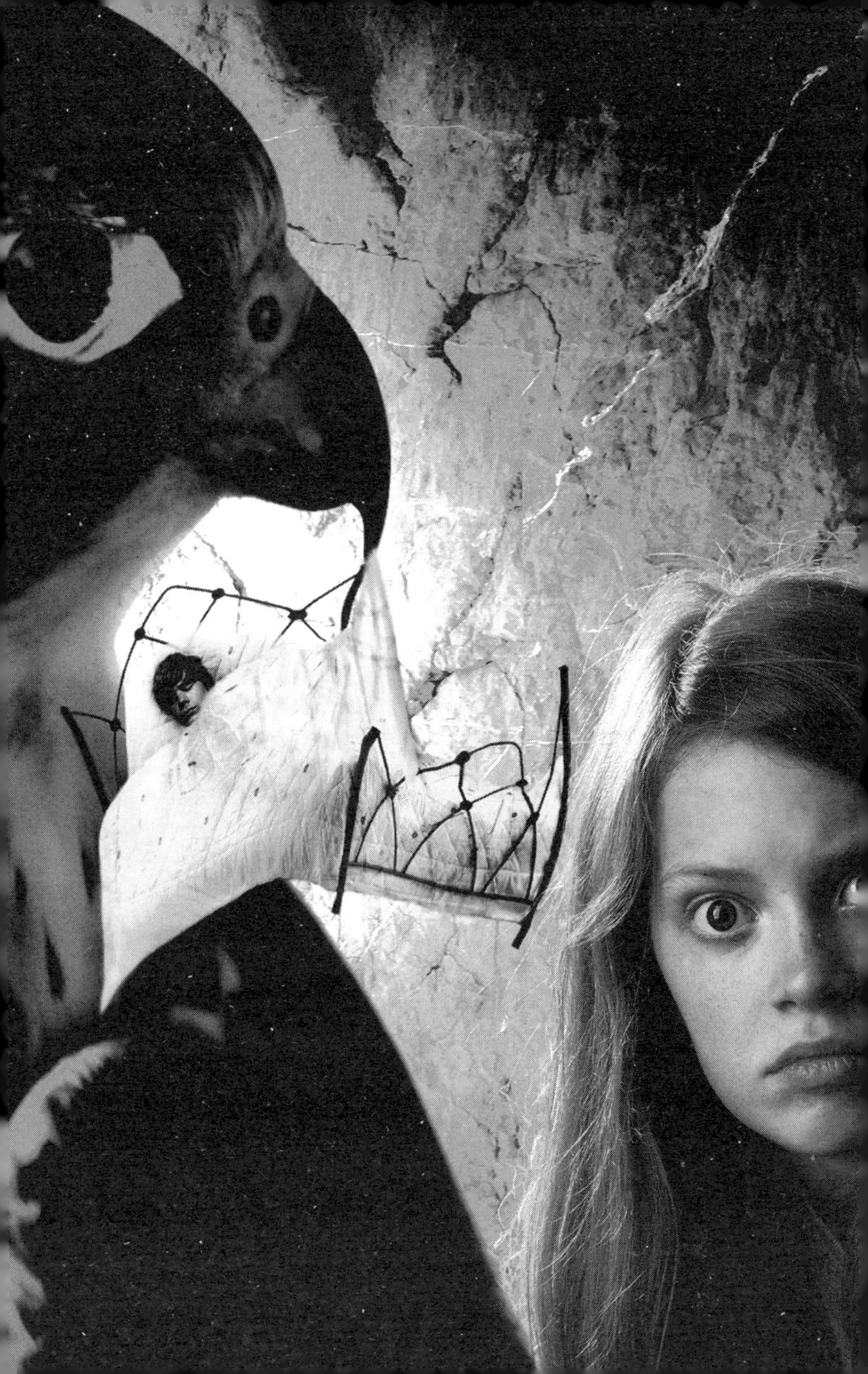

岩石缝隙之间,向中间一看,看到一个黑黢黢的山洞。她从狭窄的洞口挤了进去。在山洞入口有几条岔路,梅兰尼娅走进其中的一条。她走进去后发现,太阳光无法照进来,她只能在一片漆黑中前进。

薇珂和库奇听见一阵欢快的音乐传来。那是什么?

他们跑了几步,发现树后面是一个满是岩石的山谷。山谷里有一辆覆盖着白雪的汽车,汽车广播里还在放着音乐。库奇和薇珂跑到车边,小心翼翼地看向车里。他们在地上找到了被打翻了的小屋子,但是里面显然没有菲利普。他们开始翻找雪地,到处寻找菲利普。

最后库奇叫道:"薇珂!我们必须找到梅兰尼娅,变出可以搜寻体温的生命探测仪,因为……你听见没?"

薇珂没有回答,她的表情很奇怪。

"薇珂,你别愣着啊!你怎么了?"

薇珂十分缓慢地举起手,指着什么让库奇看。

"你这是干吗?"

薇珂无声地说着什么,用手指向库奇身后,同时,慢慢地退到汽车后面。

茫然的库奇只得回头去看,一只大狗熊正站在他眼前,盯着他看。

库奇想大叫一声,立刻逃跑。但是他想起电视节目上说,在熊的视野里必须保持静止。他马上像石头一样不动了,这很难,因为他的双腿正由于恐惧而颤抖,他也无法坚持住不眨眼睛。大熊慢慢地向他靠近。库奇尝试着把它想象成一只可爱的小毛毛熊……他尝试着向它微笑,却笑不出来。

"要有麻烦了。"他心中哀叹。大熊向库奇跑来,仔细地闻闻他。然后又把鼻子伸进他衣服口袋里闻闻,从他的口袋里叼出一袋闪闪发光的东西。库奇吓呆了,差点没认出来大熊拿走的是一包软糖。

大熊开始咬软糖的包装,不一会软糖就黏住了它的嘴,大熊愤怒地大吼,嘴上马上吹起了一个大泡泡。泡泡越吹越大,砰的一声爆炸了。大熊吓得跳了起来。如果是在电影里,看到这一幕库奇一定会笑,但是现在他却笑不出来。大熊大吼一声,开始在雪地上清理嘴巴,想把黏黏的软糖弄掉。

库奇听见一声提醒:"快躲起来!快!"

他转过身。薇珂从坏掉的车门底下跑出来,跑向库奇。

这时库奇才回过神来,马上跳到车里,他猛地关上门,藏

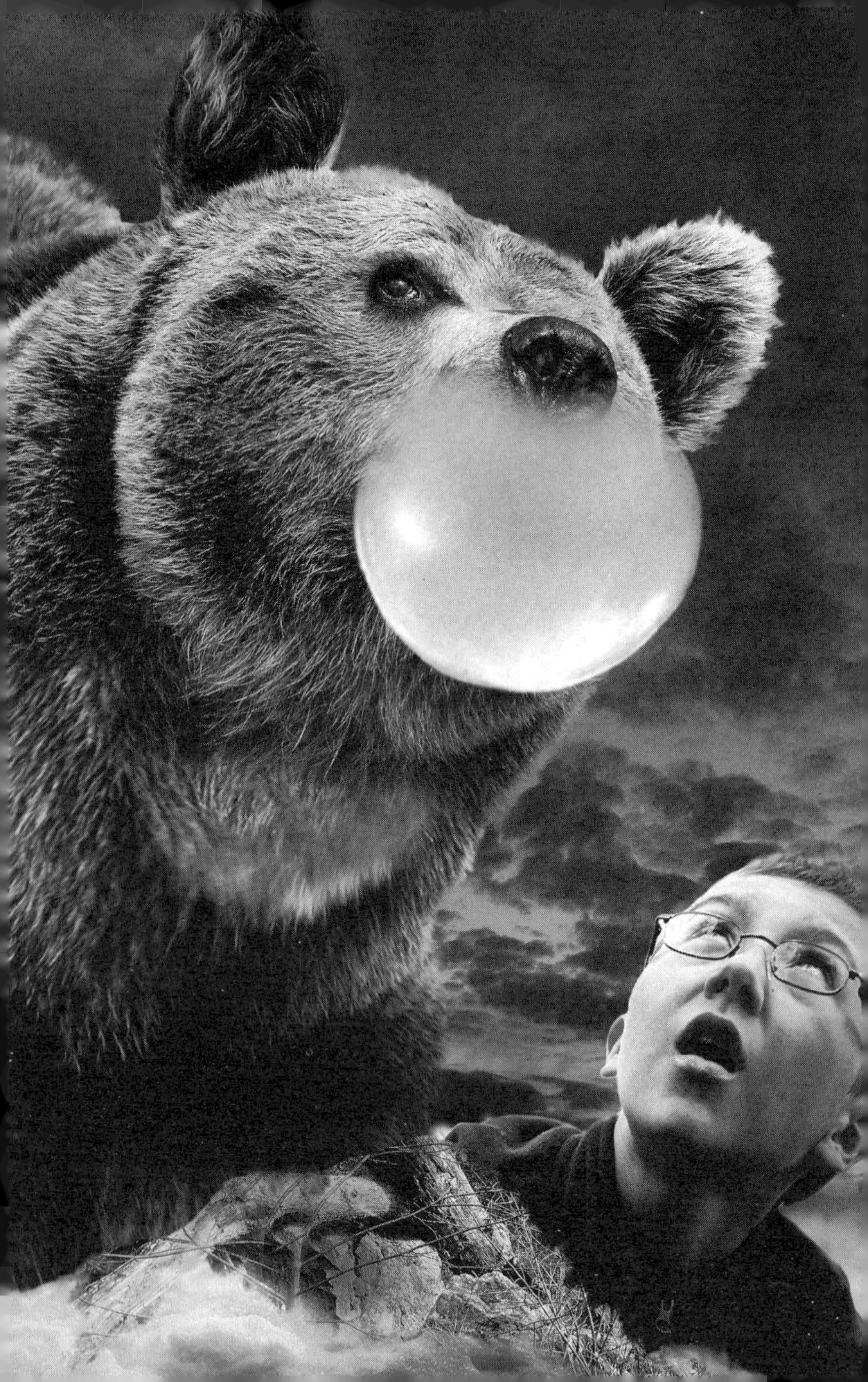

到座位下面。这是个藏身的好地方,可以很好地躲避野兽的视线。大熊终于将软糖清理干净,开始向汽车的方向跑来。

薇珂和库奇蹲在靠背后面。

"它在找吃的东西……"薇珂轻声说。

"你是说我们吗?"

"不是……可能是某些垃圾食品……"

他们往旁边一看,只见座位上还有一包早餐,大熊也发现了食物,想要把头伸到汽车里,它开始用爪子敲打车门。

"薇珂……"库奇害怕地小声说,"车门已经掉下来了。"

他们发现,车门仅靠一颗螺丝钉挂在车上,在掉落的过程中门严重地损坏了。大熊敲门敲得越来越重。薇珂和库奇用尽全力抵住车门,但车门被打开只是时间问题。

梅兰尼娅在黑暗的山洞中前进。她尝试着靠近洞穴的墙壁,用手摸索前方的道路。突然间她在岩石上摸到一个软绵绵的东西,在这个东西旁边还有很多其他生物挂在墙上。

"蝙蝠……"

梅兰尼娅吓得立即收回了手。她知道蝙蝠要冬眠,因此没有在她的头顶飞来飞去……但是这个想法却把她吓到了。她迅速往前走,尽量一点声音也不出。

她在黑暗中走了几乎一个小时,不时地检查一下菲利普和小床是不是安全地躺在她的兜帽里。

她不断地想着菲利普,这想法支撑着她在黑暗中走过了这段恐怖的旅程。她想象着他们两个一起坐在房顶上,她把自己惊险的恐怖故事讲给菲利普听。而他感激地看着她说:"梅兰尼娅,你真是太棒了!"这个想法使她忘记了寒冷和黑暗,甚至忘记了要从这个隧道里出去。

梅兰尼娅突然听见窸窸窣窣的声音,好像有小动物在黑暗中爬行。她看见黑暗中有绿色的眼睛在闪烁。她想到这小生灵住在山洞里,肯定知道洞穴的出口,于是她跟着它往前走。不久她就看见前方有一个明亮的光点。那正是洞穴的出口。

"现在!"薇珂小声说。

库奇迅速打开门,薇珂则用尽力气把装早饭的包裹扔出去,库奇又迅速关上门。

孩子们希望大熊拿到食物后马上离开。

大熊跑过去,怀疑地闻了闻诱饵,最后它撕开纸袋,吞掉了袋子里的食物。

可之后却大事不妙!

大熊拼命地吼叫起来,然后直起身子,摇着头开始呕吐。它的吼叫声把树上的雪都震下来了。

受惊的薇珂问道:"库奇!袋子里有什么?"

"香辣薯片……"

"它可能不喜欢吃香辣薯片……"薇珂小声说。

大熊四处乱吐,大声吼叫着。

"这就是为什么妈妈总是说薯片有害健康……"库奇害怕地叹息。

"小心!"

发怒的大熊向汽车的方向跑来,它开始愤怒地摇晃汽车。库奇和薇珂只得躲到汽车里。汽车门被摇了下来,大熊丢掉车门,把头伸到车里。突然它不知碰到了什么东西,迅速停止了摇动。孩子们吓得说不出话来,突然之间大熊慢慢地升了起来,升到了空中。

他们小心翼翼地往车外一看,高兴地大叫:

"鲍比罗比!"

机器人抓住了大熊!它把大熊举过头顶,好像举的是一只毛绒玩具。熊在空中乱抓,但是什么也没抓住。

"静一静,快静一静!"鲍比罗比说。

机器人转身,跑向森林的方向。它扛着呆住的大熊如同扛一只大枕头。

跑了十几米后,机器人小心翼翼地把熊放在雪地上,用钛做的机器手摸摸熊的脑袋。大熊看着机器人,完全傻掉了,然后它转身跑进了森林。

机器人回到了汽车里。

库奇和薇珂跑到机器人旁边,忘记了它只是个机器人,都把手搭在它的肩膀上。

"谢谢!鲍比罗比!"

"别客气!"机器人高兴地回答。

梅兰尼娅继续往有光亮的地方走,石头隧道里越来越明亮了。

在转过最后一个弯后,她猛然停住。面前的景观令梅兰尼娅呆住了,她正站在一个石头大厅里,洞口被冰完全封住,阳光透过冰层照射进来。她走进去后,看见岩石上的一道瀑布,因为寒冷而被冻成了神奇的形状,冰柱看上去如项链一般美丽。梅兰尼娅看到这幅景象非常开心。阳光穿过冰柱,在山洞的墙壁上幻化出各种形状。冰封的迷宫,景色如此壮美，梅兰尼娅不禁想起了冰雪女王的故事，这看上去简直就像她的宫殿一般。而梅兰尼娅正如冰雪女王一样，拯救了她的爱人！

梅兰尼娅穿过冰柱，走出山洞！她高兴地大叫："菲利普！我们出来了！我救了你！"

但是离获救还很遥远。在她面前是被白雪覆盖的大山谷，没有房子，只有山峰和森林，而红色的太阳则躲在阿尔卑斯山后面。

库奇和薇珂舒舒服服地坐在车门上，仿佛坐在雪橇上一般。机器人把安全带绑在门把手上。之前他们仔细地查看了汽车的四周，没有找到菲利普。库奇认为，肯定是梅兰尼娅救走了他，因此他们决定去找梅兰尼娅。他们乘坐着那奇形怪状的"雪橇"，不时地喊叫着："梅兰尼娅，梅兰尼娅！"

梅兰尼娅在冰雪丛林中穿行，又冷又饿。梅兰尼娅的妈妈经常说她有厌食症,每次都要叫很久才去吃饭,但是现在梅兰尼娅可以吃掉五份午饭。她的头非常冷,但是因为菲利普在帽子里,她没办法戴上兜帽。

她走到一大片落叶林里,在这片林子里,树木的叶子已经掉光了,只剩下高高的树干。树林里有一根钢缆绳,可能有缆车沿着这根缆绳穿行。梅兰尼娅决定沿着钢缆绳前进,希望这根缆绳能把他们带到有人的地方。

她在雪地里跋涉了一个钟头,突然听见头顶传来细微的声响,然后是说话声。她马上抬起头,黑暗中出现了一道光,然后一辆红色的缆车驶过钢缆绳,从缆车车厢里传出一阵阵欢笑声,还有歌声。

梅兰尼娅大声喊起来:"救命!救命啊!停一下啊!"

可是兴奋的游客没有听见她的声音。小姑娘喊到声嘶力竭,但是缆车里没有人注意到她。红色的小缆车从她头顶上穿行而过,消失在树林中。

不一会儿又传来了乘客的笑声和歌声,之后便是一片寂静。梅兰尼娅再次变成一个人。她无力地坐在雪地上,已经没有力气再往前走了。

雪,又开始下了。

库奇和薇珂坐在机器人的肩膀上。鲍比罗比把手臂伸向两边,这样他们就可以舒舒服服地坐着了,一边坐一个,他们把红椅子放在机器人的头上。

孩子们有一点不放心,他们害怕机器人会再一次没电。

他们更加担心梅兰尼娅和菲利普的安全。

雪下得越来越大了。

银色的雪片像小鸟一样飘到梅兰尼娅的头发和脸颊上,但是梅兰尼娅已经感觉不到了。她坐在雪地上,靠着缆绳的柱子。她知道她应该站起来继续走,否则就会冻僵,但她已经没有力气了,她感到非常累。

她把睡着的小菲利普从帽子里拿出来,用温暖的手掌包裹住他,希望他不要冻僵,尽管这时雪花已经覆盖了她。

然后她突然想到,这些不过是她自己的梦幻,菲利普从来没有爱过她。因为她从来没有告诉过他。

想到这儿,梅兰尼娅低下头轻轻地对睡着的菲利普说:

"菲利普……你知道吗……我爱你。非常爱你……"

这时她听见从远处传来说话声,有人在喊她的名字。

但是她觉得这一定是她的幻觉,而且她也没有力气回应。

她闭上眼睛。雪下得越来越大,把梅兰尼娅完全覆盖了。

⑩

库奇和薇珂大声喊叫着:"梅兰尼娅!梅兰尼娅!"

机器人的眼睛发出光芒,像探照灯一样扫过黑暗的森林。在一片空地上,他们看到一根缆车钢缆的柱子,但梅兰尼娅并没有出现,他们继续前进。突然机器人头上的红椅子一动,掉到了雪地上。

"鲍比罗比,停一下!椅子掉了!"库奇大声说。

机器人迅速停下来,弯下腰。

薇珂和库奇跳到雪地上,跑向椅子。

孩子们想把椅子捡起来,但是椅子跑了出去,跑向他们来时的道路。孩子马上跑去追椅子。

"怎么回事?"薇珂小声说。

红椅子在缆绳柱子旁边停住了,可是那里除了雪没有别的。

库奇抓住椅子,想要离开,但是椅子居然逃脱了,疯狂地回到原地。

库奇和薇珂只得跪下,挖开雪堆,挖着挖着,露出了梅兰尼娅的头。

机器人跟着跑了过来,它弯下腰,用力把梅兰尼娅一下子从雪里拉了出来。梅兰尼娅已经冻僵了,但万幸的是还有着呼吸。

他们让她坐在红椅子上,用双手揉搓她的脸颊和手。库奇从她冻僵的手中取出小菲利普,向他吹着热气。

菲利普因为一直被梅兰尼娅握在手中,基本没有冻到。但是梅兰尼娅被完全冻僵了,处于半昏迷状态。

"必须让她暖和过来,她就要冻死了!"薇珂害怕地叫道,"我们要有个温暖的地方。温暖的屋子!"

"上哪儿找屋子啊?"

"必须让梅兰尼娅变一个出来!梅兰尼娅……梅兰尼娅!"

小姑娘睁开眼睛,无意识地看着他们。

"梅兰尼娅。快说,我要温暖的房子。"薇珂叫道。

可是梅兰尼娅说不出话来,她冷得打战。

"梅兰尼娅!求你了!说,房子!我要暖和的房子!否则你就要死了!菲利普也要死了!"

这时梅兰尼娅才睁大眼睛,然后用尽全力小声地说:"我……要……暖和的房子!"

雪花旋转起来,大雪在空中形成了有尖顶的屋子。

窗口亮着灯光,烟囱里冒着烟。

旁边的阳台上如同嘲讽这严冬一般,开着美丽的红玫瑰花。

屋子里十分温暖。壁炉里燃着熊熊火焰,孩子们在厚被子里裹成一团,躺在大床上,睡着的小菲利普被放到篮子里,身上盖着手套。

薇珂一直揉着梅兰尼娅的脸颊和双手,直到它们呈现温暖的粉红色。机器人给每个人端来热牛奶,它特别给梅兰尼娅做了有蜂蜜和大蒜的热牛奶,这种牛奶可以预防感冒。在温暖、舒适的床上感觉很好,但是大家都没有力气说话。机器人坐在他们旁边开始唱摇篮曲。

孩子们觉得仿佛回到了婴儿时期,由妈妈哄着睡觉,在这个时候,他们觉得这并没有什么不好。他们很快睡着了。

奇迹出现了,也可能是蜂蜜牛奶的原因,梅兰尼娅一点儿也没有感冒。

早上她起床的时候,只是有一点点流鼻涕,并没有什么其他不适。薇珂和库奇醒来时觉得很舒服。他们居然逃过了如此惊悚的冒险!

梅兰尼娅变出了绿色的图画本,从早上起就开始在上面画他们的所见所闻,她想把这一切奇妙的冒险都画出来。

鲍比罗比给孩子们做了美味的早餐。有松脆的烤面包、橙子酱和蜂蜜,还有各种奶酪、水果和牛奶。

现在他们必须计划下一步旅程了,他们需要安全地到达威尼斯。

首先,必须给鲍比罗比变出一块电池。薇珂在机器人左耳后面找到装电池的盒子,盒子旁边是一个小屏幕和几个按钮。薇珂好奇地看着它们。

"哎,库奇!"她叫道,"鲍比罗比这儿有一个控制板。这是什么?"

"那是工作模式,优良看护模式或者恐怖模式……不要按那个!"

太晚了,薇珂好奇地按下了那个按钮。刷!

机器人立即回过头,微笑全无。

"不准动!听着!"它大叫道,"重复三遍!"

"它怎么了?"薇珂迷惑地问。

"按回去!"库奇害怕地叫道,"快!"

薇珂伸出手,但是机器人不让她动控制板。它抓起迷惑的薇珂,把她扔到床上。

"你一点也不乖!要听话!"

"他说什么?"

"你快把恐怖模式关掉!"库奇害怕地喊。

"为什么你想出这么一个模式来?"薇珂叫道。

"为了让机器人有办法对付讨厌的小孩和罪犯。"

机器人大叫:"安静!现在做广播体操!快!"

孩子们没有反抗,只有库奇小声嘀咕说:"我觉得要有麻烦了……"

机器人揪着库奇的耳朵把他拎进了屋子。

"做蹲下起立!马上!"

孩子们只得乖乖地蹲下起立。因为他们害怕机器人会像在饭店里那样大发雷霆。

他们做了将近一百个,机器人突然吹响了口哨,喊道:"现在开始跑步!快!"

孩子们开始绕着桌子跑步。

机器人又命令孩子们做跳跃、俯卧撑等各种疯狂的练习。孩子们累得一点儿力气都没有了!

"累死了!"薇珂惨叫一声。

"停!"机器人吹响口哨,"现在工作!"

"怎么又要工作!"

"打扫房间!快!"

机器人赶他们去打扫屋子。但是他们没找到吸尘器,不得不用一把破笤帚扫地板,用刷子刷地毯,还要擦窗户。孩子们疯了一样地工作,因为有机器人看着,他们也没有办法。他们曾尝试溜走,但是机器人马上把他们抓回来工作。

"库奇,他是个变态!你给我们变出了什么啊?集中营

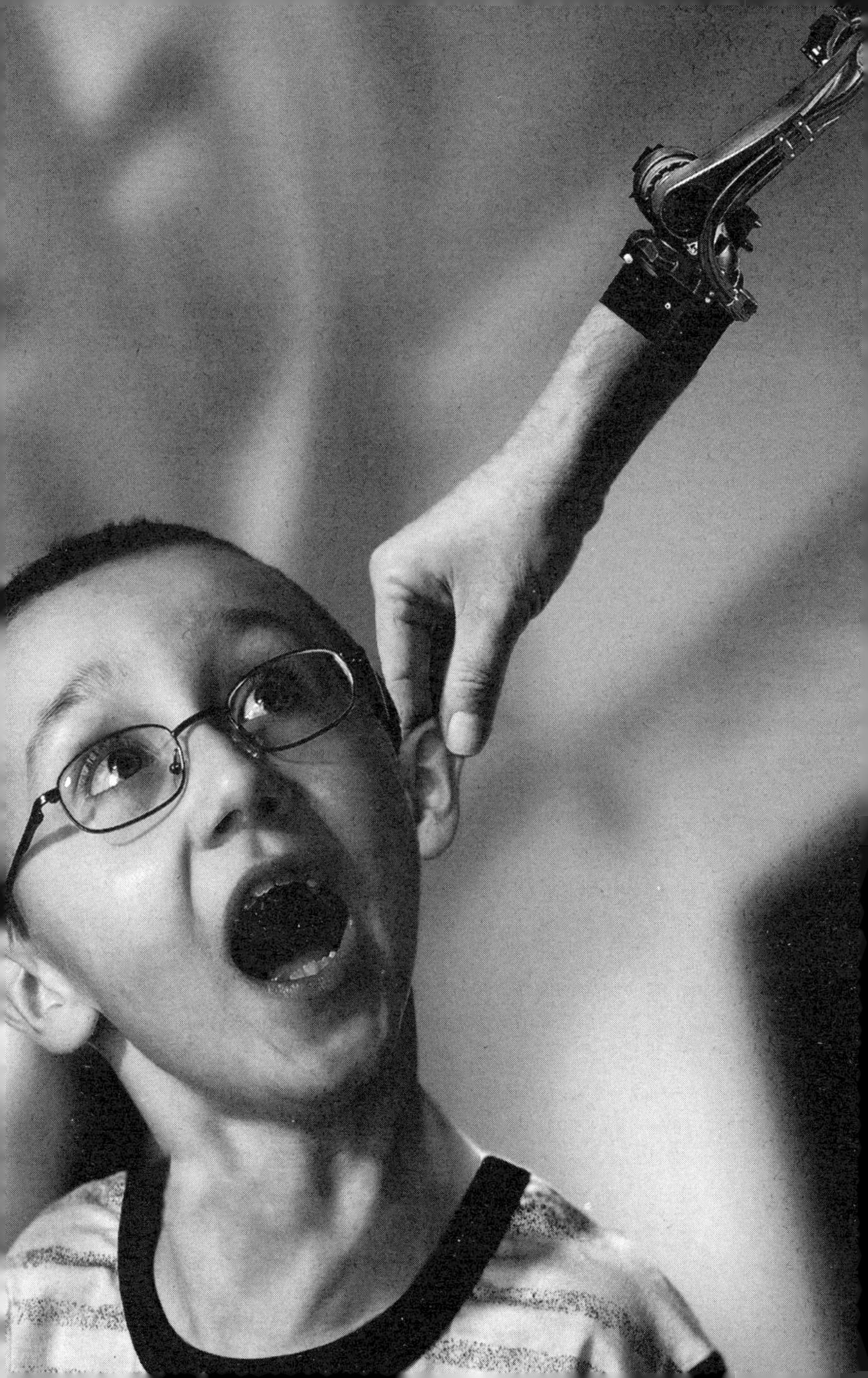

吗?"

"停!"机器人大叫,"上课!"

"什么!"

"学习!"

"不要!"

鲍比罗比把孩子们赶到桌子旁边,开始向他们提出奇怪的问题。

"马达加斯加的首都是哪儿?你不知道吗?"

"不知道。"

"零分!不准站起来!"

孩子们被要求一动不动地坐着,学了很多东西。

然后鲍比罗比让他们做测试。如果有人做错了,鲍比罗比就让他把测试题吃下去!

"梅兰尼娅,他疯了!我们要想个办法!"

机器人吹响了口哨。

"不准聊天!下课。"

机器人坐在那儿一动不动,但是严格地监视着孩子们。

薇珂举起了手,一脸无辜地问道:"我能去上厕所吗?"

"去吧,只准去一分钟。"

"我也是!"

"还有我!"

三个孩子一块儿跑了出去,他们跑到厕所里商量。

"我们必须想个办法!"薇珂小声说。

"否则它会这么折磨我们一整年。"

"我知道了!"梅兰尼娅说,"我们要向它提没有意义的问题。"

"为什么?"库奇问。

"遇到这种问题电脑都会发傻。"

"然后呢?"

"然后它肯定会分神,然后你就可以偷袭它,改变它的程序。"

房间里传出一声大喊:"停止上厕所!都回来!"

孩子们回来了,薇珂和梅兰尼娅跑到机器人旁边去,露出无辜的微笑。

"机器人先生,我们能问您一个问题吗?"

"快问!"

"布拉布拉国的首都是穆拉姆西亚吗?"

"什么?"

"布拉布拉国的首都是穆拉姆西亚吗?"

机器人看着她,眼睛开始变亮了。

很明显,这是他在搜索数据库,但是找不到布拉布拉国的首都,因为根本没有这个国家,一切搜索都是白费力气。

这时库奇静悄悄地绕到机器人后面去。他走到椅子边上,伸手去够机器人耳朵边上的小按钮。机器人感觉到了,飞快地转过身,但是库奇已经按下了开关。

刷!

机器人愣了一下,之后微笑着说:"听候吩咐。我非常喜欢你们。"

孩子们松了一口气。

"终于!"

"鲍比罗比,你知不知道你对我们有多差!"

库奇叫道。

"对不起!真对不起!"

"没关系。但是千万不要再这样了。"

机器人停止恐怖模式之后,孩子们终于可以商量下一步该怎么办了。

"再过六个小时菲利普就要醒过来。"薇珂提醒说,"药物失效以后,他的病可能会恶化。"

"他要是看到自己变成了小矮子,可能会发疯。"

也就是说,他们还有六个小时找到神秘的木头桥,并且让菲利普从魔咒中解脱出来。

薇珂打开地图。

"从这里到威尼斯还有二十公里。"但是要穿过大山。

"我们开车过不去。"

"根本就没有路!"梅兰尼娅补充。

"我们要变出个直升飞机来。"库奇说,"这是唯一的办法。"

孩子们看向机器人。

"鲍比罗比,你会开直升飞机吗?"

"我会。开得很好!"

"这太冒险了。"薇珂小声说。

"如果我们去迟了,就更冒险了。"

孩子们变出了一架名叫"超级眼镜蛇"的直升飞机。

这架直升飞机和梅兰尼娅送给菲利普的那一架很像,但却是货真价实的。

当直升飞机降落在雪地上时,巨大的轰鸣声和卷起的空气几乎把孩子们掀翻了。他们没有想到直升飞机会这么有力量。

他们小心地把装着菲利普的篮子放在座位上,然后用手扶住帽子,爬进了机舱。他们必须系好安全带,跟乘坐汽车一样。

机器人坐在驾驶座上。巨大的旋翼转动起来,将雪花卷起来形成了一阵雪暴。直升机飞到了空中。

"哇!好棒哦!"

孩子们第一次乘坐直升飞机。

他们把鼻子贴在窗户玻璃上,看着窗外不断下降的景色。

他们在阿尔卑斯山上空飞行。陡峭的山峰直插云霄,犹如骑士的利剑。

在山坡上,有小小的人影在滑雪,还有哈士奇雪橇队在雪地上狂奔。

十几分钟后大山也变矮了,最后消失不见,天空中出现了温暖的秋日景象,雪消失了。景观的变化非常明显,仿佛经历了季节更迭。

突然库奇大叫:"大海!那里是大海!"

所有人跑到窗边。只见神奇的大海碧波荡漾,海岸边出现了一座城市,如水中升起一般。房子立在海中就像海怪,屋子之间都是运河,运河上是数不清的桥。

到威尼斯了!

⓫

他们降落在沙滩上,躺在那儿晒太阳的游客都惊奇地看着他们,只见孩子们从直升飞机里走下来。游客们肯定认为,他们一定是来参加电影节的百万富翁或者明星。

孩子没有施魔法让直升飞机消失,因为这样的魔法会引发恐慌,而且直升机以后也可以用。因此鲍比罗比坐在驾驶座上,而孩子们带着装着菲利普的小篮子向城市跑去。

一路上没有遇到什么问题。只要他们找到学院桥,然后从上面走过去就可以了。那样菲利普就会忘记愚蠢的ZU软糖女孩,恢复健康。然后他们就可以将菲利普恢复正常大小,一起回家。虽然菲利普又会成为冒险大王,但是库奇宁可这样,他希望他的哥哥能恢复健康。

在威尼斯的大街小巷中穿梭非常困难。主要原因是很多地方没有路,威尼斯城里四处都是水道。迷宫一样的运河里有许多两头弯弯的黑色小船,叫做贡多拉船,另外还有一些摩托艇和水上巴士。而他们所要找的桥却在城市的另一端。

在贡多拉船上,梅兰尼娅问穿着条纹衣服的水手:"您知道如何去学院桥吗?"

"你们的家长呢?"

"我们自己来的,但是我们有钱。"

水手怀疑地看着孩子们。

"小孩子不能单独乘坐贡多拉船。"

"可是您不是跟我们一起吗?我们会付钱的。"

"这不是钱的问题,我不能让小孩单独上船,你们没有家长陪同啊。叫你们的家长来。"

梅兰尼娅回头看看库奇和薇珂。

"他不载我们。怎么办?"

"我们自己划船。"薇珂说。

他们躲进小运河边一条无人的街道里。在那里他们可以安全地施魔法。

"我们变一辆摩托艇吧。"库奇说,"超级快的那种。"

"我想要贡多拉船。"梅兰尼娅说,"那船真好看。"

"我们不会开啊!"

"我们可以学!求你了。"

他们最终同意梅兰尼娅变出一艘威尼斯的贡多拉船。

贡多拉船从水中浮起,在他们身边停住了。

薇珂手里拿着威尼斯的地图坐在船头,梅兰尼娅提着装菲利普的篮子坐在船中间,而库奇坐在船尾,手里挥着船桨。

"前进!"薇珂大叫。

"过一会儿……"

"怎么了?"

"我不知道怎么划啊。"库奇犹豫地说。

"就是把水划到后面去。"

"我觉得要有麻烦了。"

他把桨伸到水里,但却插到了泥泞的河底。船向前走了,但桨却陷在河底,把库奇也拖了下去。

"哎呀!"

库奇一个跟斗掉入水里,水花四溅,他挥舞着双手,游回岸边。但他没法爬上岸去,因为河岸太高了,他够不着。库奇抓到一根铁链,却马上松手了,因为铁链上趴着恶心的鼻涕虫。

薇珂和梅兰尼娅把他从水里拉到了贡多拉船甲板上。

"我有点不喜欢威尼斯。"库奇咕哝说,脏水从他身上滴下来。

梅兰尼娅为他变出一根毛巾和其他干燥的衣物。

姑娘们闭上眼睛,让库奇换衣服。

"好了,让我们划船吧!"

"一定要小心!"

库奇小心地推动船桨,贡多拉船摇摇晃晃地向前划动。

他们划得七扭八歪,一会儿撞上河岸,一会儿撞到别的船。薇珂坐在尖尖的船头,帮忙用手划着水。

不一会儿他们就滑到了两条运河的交叉口。一条流向西,一条流向东。

库奇停止了摇桨。

"我们往哪儿划啊?"他问道。

薇珂看着地图。

"不知道……我看不懂。学院桥在主运河上,但是这里有上百条运河呢!"

"我们变个GPS出来吧!"

"这里最好的GPS恐怕是鱼。"薇珂开玩笑说,一边看着在水下游动的鱼群。

"这主意不错!"

梅兰尼娅坐到椅子上,说:"我们想要一条鱼,通过最短的路线,把我们带到学院桥。"

"梅兰尼娅,你疯了吗?"

哗! 从水里跳出一条大鱼,只见大鱼游到贡多拉船头,鱼鳍在水下闪闪发光。

"我们跟着它走!"梅兰尼娅说,"快!"

库奇划动船桨,努力跟上他们的向导,每当船没有跟上,鱼就在水中转圈圈,等候他们。

当他们经过一栋挂着"约瑟夫·克罗奈力——纪念品出版"广告牌的绿色房子时,红椅子突然发起疯来。它先是转了个圈,然后跳起来,似乎要从贡多拉船里跳出去一样。梅兰尼娅用尽全力抓住它。

"怎么回事儿?这椅子怎么了?"

红椅子努力想要挣脱,它在梅兰尼娅的手里挣扎,快要把她拖下船去了。

"梅兰尼娅,稳住它,船要翻了。"薇珂大叫道。

鱼向导游到一条小运河里去了,库奇努力地划着摇摇晃晃的贡多拉船。

当绿房子消失在拐角时,椅子不再挣扎,安静地立在甲板上。

当贡多拉船划过之后,绿房子的门打开了,一个穿格子斗篷的男人走了出来。

他把一个铝箔包裹的木头架子放到停靠在门边的摩托艇上,小船上已经有几个纸箱,还放着一个大篮子。男人跳上船。在开船之前,他还在喊着:"牛奶!牛奶!"他从早喊到晚,但是白色的小猫再也没有回来。小猫把他忘了……约瑟夫叹了口气,发动了摩托艇,开走了。

库奇必须划得非常小心,运河越来越窄了,最多不超过两米。这似乎是一条猫咪之路,因为数不清的猫坐在楼梯上,或者石头桥上。

一只黑耳朵的小白猫走到岸边,看着贡多拉船上的乘客。

梅兰尼娅想摸摸它的头,但是小猫大叫一声,跑开了。其他猫咪也不让摸。猫咪们贪婪地看着他们的鱼向导,但是猫怕水,不敢跳下去。

划过几百米之后,运河被一座石塔堵住了,墙上是一道锁住的铁门。水从铁栅栏之间流走,贡多拉船却开不过去。他们进了一条死胡同。

"这鱼想把我们领到哪儿去?"库奇大叫。

只见鱼儿在水里转着圈圈,用鱼头顶着墙上挂着的锁链。

"也许我们可以扯断锁链?"薇珂不确定地问。

她抓住生锈的铁链,用尽全力拉扯。铁栏杆嘎吱嘎吱地打开了。打开铁门后,他们面前出现了一个黑暗的隧道。鱼向导游了进去。孩子们用手撑着隧道的墙,随着鱼儿一起进入了隧道。铁栅栏突然掉了下来。

"小心,铁链在另一边。"库奇咕哝说,"这个铁栅栏恐怕再也打不开了,这里黑得就像……"

"看!"梅兰尼娅大叫。

隧道突然发出一道光,奇异的绿光在水下一闪一闪的,那鱼如同灯塔一样发起光来!它从头到脚光明透亮,十分神奇。鱼游得很慢,在隧道里向孩子发出闪亮的光束。库奇使劲地摇着桨,贡多拉船向着神奇的向导划去。孩子们不安地四处张望,砖头的隧道顶上爬满了蜗牛。他们听见很奇怪的响声,就像一只大怪物吸气的声音。

主运河旁有许多支运河。

简直是一座水迷宫,但是那条发光的鱼很清楚要游到哪里。不一会儿孩子们听见水流的波浪声,水声越来越大,然后变成轰鸣。水流突然加急,隧道突然变得窄小起来。孩子们赶快趴下,防止头撞到隧道顶部。他们已经不需要摇桨了。贡多拉船在奔流的河水中漂荡,不时地撞上墙壁。鱼儿不见了,于是他们只能在黑暗中前进。不一会儿他们看见一个圆形的出口,出口外面是蓝天。

刷!他们和奔流的河水一起坠落,却发现他们从一只石狮子的圆形的嘴里喷了出去。

贡多拉船在墙上撞来撞去,漂了十几米,掉到了运河里面。大水喷涌而出。浑身湿透的孩子们抬起头,四处看着。只见他们已经来到了宽阔的主运河,河两旁都是美丽的房屋,阳光灿烂。鱼向导在水中转了几圈,就游走了。这可能是在告诉他们,这就是桥所在的地方了。

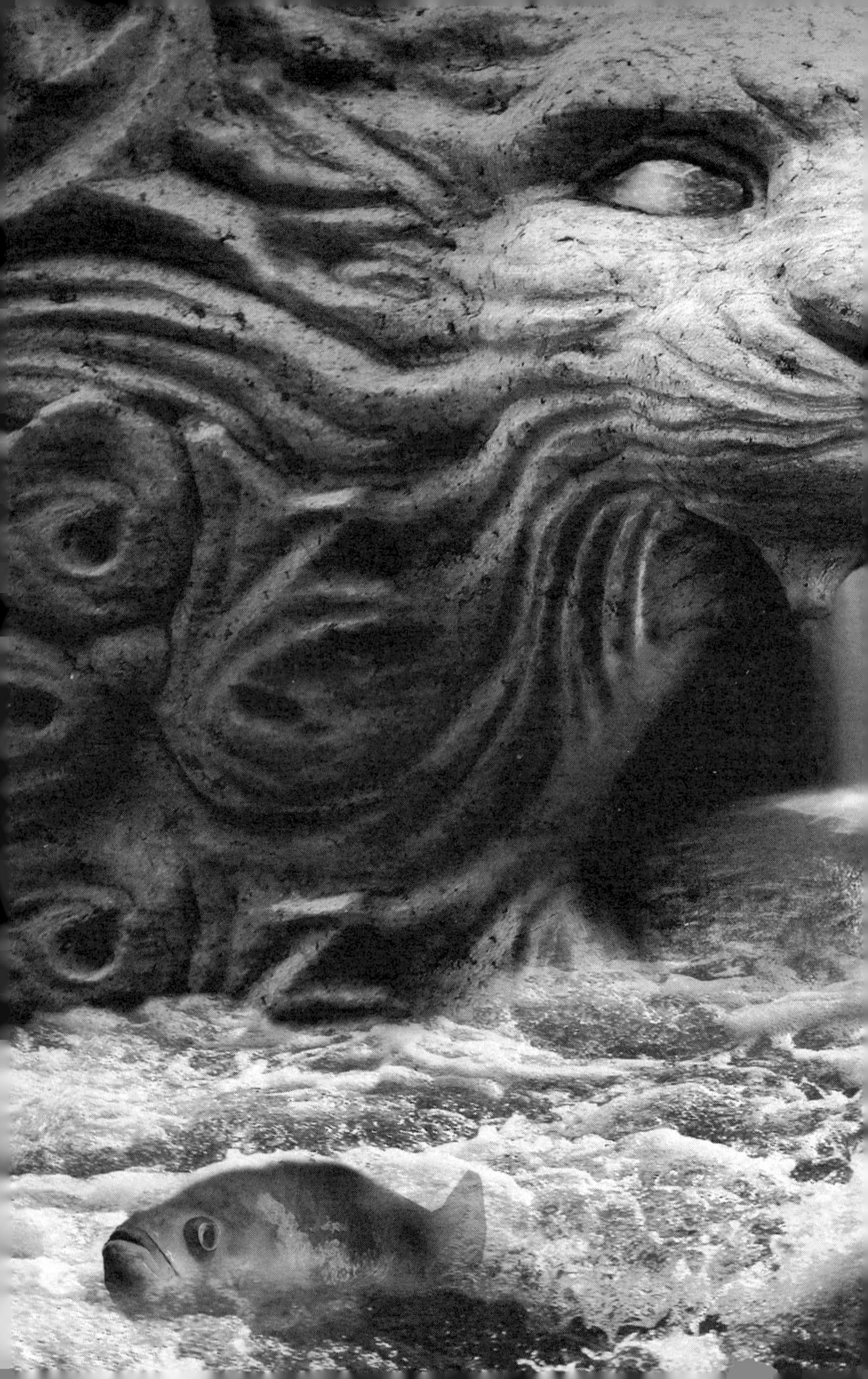

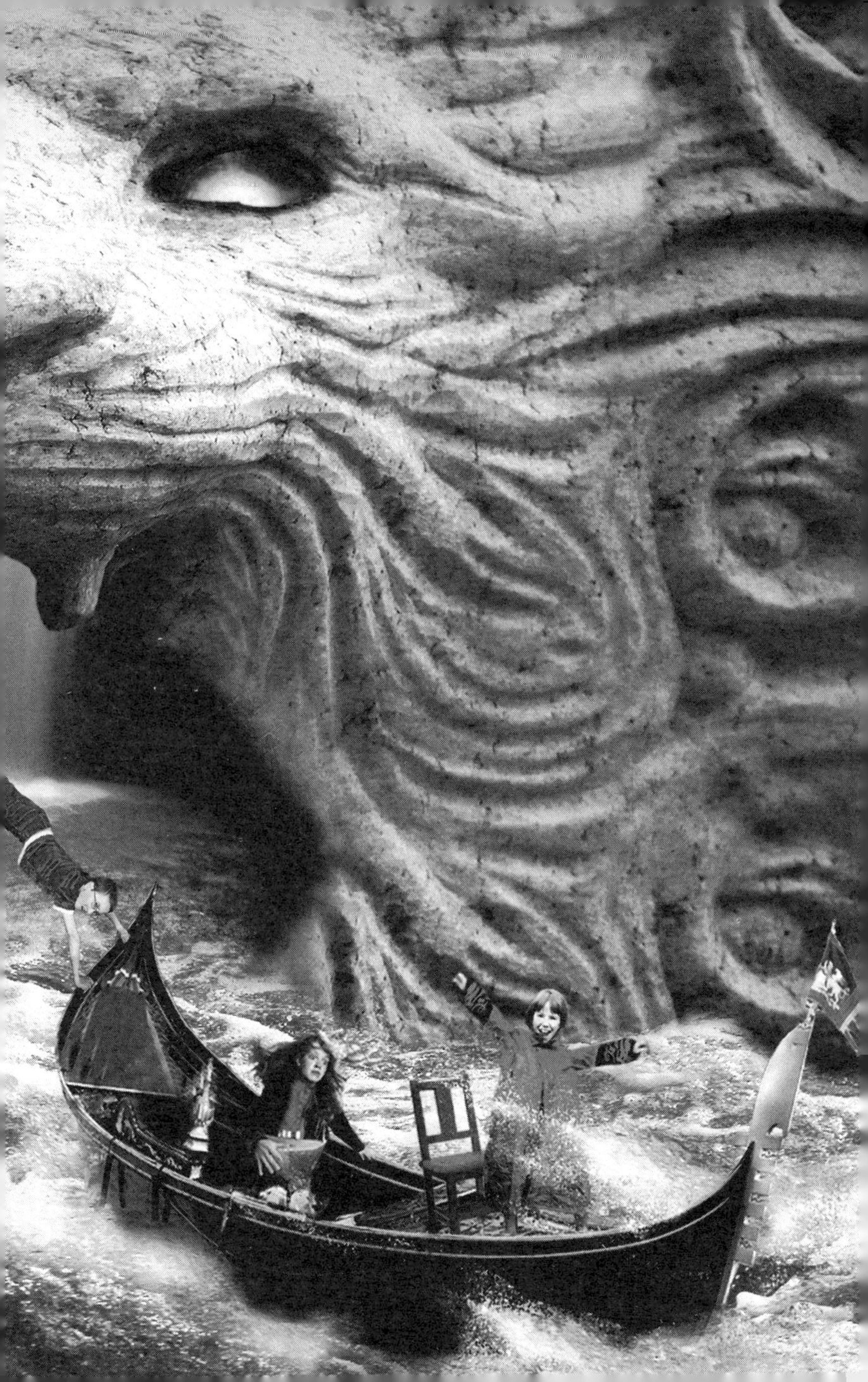

"桥在那边!"梅兰尼娅叫道,"学院桥!"

库奇和薇珂回过头。距离他们几米的地方,一座美丽的木头拱桥横跨在运河上。孩子们惊讶地发现他们头顶出现了一团烟雾,一束鲜艳的红光照在上面。桥的四周围满了人。

"发生了什么事?怎么这么多人?"

"可能是全世界的不幸恋人都来了。"梅兰尼娅小声说。

他们停好贡多拉船,从船上下来,往桥边走去。

通往桥的道路上满是路障,栅栏边满是拥挤的人群,陆续有人走上来围观。有些人站在长凳上,而小孩子则站在父母肩膀上,希望看得更清楚一些。薇珂和库奇挤过人群,小心翼翼地保护着房子里的菲利普。梅兰尼娅则带着红椅子跟在他们后面。

当他们穿过路障时,看见了奇怪的一幕。学院桥上搭了一个大舞台,舞台上闪耀着红色的光,舞台旁边的大管子里放出大量的白烟,轨道上跑着装有摄影机的小车,还有一些摄影机架在三脚架上,或者吊在绳索上,旁边是上百个电视机。工人们架起巨大的可口可乐瓶,瓶子比汽车还大。一个留着小胡子的男人正在一边催促。

桥上站着一个穿粉红色大衣的女人。

她手持麦克风大喊道:"阳光亮起来!风吹起来!那些

该死的孩子呢?"

"这儿发生了什么?"库奇疑惑地问。

"在拍电影呢!"人群中有人回答。

"不是电影,只是广告!"又有人叫道,"可口可乐广告。"

"一群白痴。"有游客愤怒地说。

"就因为他们,我们都没法游览威尼斯了!所有景点都关门了!"

孩子们迷惑地看着天空。

"我觉得要有麻烦了。"库奇咕哝说。

只见穿粉红色大衣的女人转过身,孩子们看见了她额头上的眼睛文身。

"是她!"梅兰尼娅大喊道。

"谁?"

"那个女的,就是拍ZU软糖广告的女人。我跟你们说过的!一切都是她引起的。"

"我们要不要把她变成狗屎。"库奇小声说。

"那个以后再说,现在我们要想办法走过那座桥。"

"他们不会放我们过去的。"

"我们可以隐形。"

"菲利普不能隐形,因为咒语对他不起作用。"

"我们可以把所有人变成石头。"薇珂说,"然后我们就可以安全地通过啦。"

"可是这里有几百人呢,会变成新闻事件的。"

"我们如果带上鲍比罗比就好了。"库奇说,"它肯定可以维持秩序的。"

"什么啊。它会把所有人扔到河里去,那可就真变成新闻事件了。"

"大家听好了,我们要快想出法子来。"梅兰尼娅小声说,她凝视着篮子里面变小的菲利普,"他马上就要醒来了。"

"我知道了!"库奇大叫道,"梅兰尼娅,你快变出手枪来……"

"你疯了吗?你要开枪杀人吗?"

"我不杀人,我只是让人们变笨一会儿。"

"什么意思?"

"我需要一把笑气手枪。每颗子弹可以让人们大笑五分钟,准备十颗子弹。"

"这太幼稚了!"

"根本不!快施魔法变吧!"

梅兰尼娅叹了口气,但还是按照库奇的要求施了魔法。

一个灰色的箱子立刻从天而降。孩子们打开了它。库奇很失望地发现,笑气手枪和真正的手枪并不一样,看上去更像一个自行车打气筒。在它的底部是一个按钮。

库奇试着按了一下,枪在他手里震动了一下。然后发射出一股粉红色的云雾。

"小心!"

粉红色的云雾接近了冰激凌小贩。

只见小贩跳了起来,然后……

发生了意想不到的情况!冰激凌小贩大笑起来,渐渐地笑得嗓子都哑了,然后发出奇怪的嘶叫声,他发出各种各样的笑声:哈哈哈!哇哈哈哈!嘿嘿嘿嘿……

他笑得全身抖动,在他身后的冰激凌小车也跟着抖动起来,一旁的人们迷惑地看着他。

库奇看着手表,五分钟后小贩突然不笑了。他用力喘着粗气,然后不好意思地看看行人,最后逃跑了。

"很管用!"库奇满意地说。

"那我们开始吧。"

孩子们跳过路障,跑到桥前面的广场上。这一次没有人发现他们,所以不需要给谁施魔法。他们跑过一个鱼缸,那里本来是一个加大的可乐桶。在鱼缸里面漂浮着一个满是运河与树木的小模型。

"这是什么?"库奇好奇地问。

"可能是用来做特殊效果的。"

"快过来。"梅兰尼娅催他们快走。

孩子们往桥的方向跑去,突然听见一个声音:"哎,你们站住!"

一个留胡子的男人跑过来大叫道:"你们到我这儿来!"

库奇伸手去够自己的武器,幸运的是,在他开枪之前,小胡子喊道:"你们是临时演员?"

库奇不知道"临时演员"是什么意思,于是顺着他的话说:"对!我们是。"

"那你们在瞎晃悠什么?赶快归队!"

他们跟着小胡子走到桥边。

"什么叫临时演员?"库奇小声问道。

"就是那些在电影里演最不重要角色的演员。"薇珂解释说,"就算是被恐龙踩到,被房子砸到,观众也不会关心这些角色。"

桥前面站了很多人。小胡子男人把孩子们带到那里,手持大喇叭喊道:"群众演员注意了!马上我们就要转动可口可乐广告。大家不要看镜头。马上我们就要拍摄第一个镜头。"

"镜头是什么意思?"一个长雀斑的男孩子问道。

"这不重要。你们只要按照导演的指示做就可以了。你们听见'开拍'的时候,就走到桥上去………"薇珂和库奇互相看了一眼。看上去他们并不走运。小胡子男人继续说:

"你们先慢慢走,然后开始跑,就像有人在追你那样跑。所有人都要大叫!"

"为什么?"长雀斑的男孩问道。

"因为有一大波可口可乐正在追你们。"

"我不明白。"

"这不重要。"小胡子男人很生气,"你们大叫就行了。明白吗?导演喊'开拍'时,你们跑就可以了。"

长雀斑的男孩马上跑了出去。小胡子大喊:"站住!你往哪儿跑?"

"您不是喊开拍了吗?"

"我真是让这皮孩子气疯了。我不是导演,明不明白?你们在这儿等着。"

小胡子男人不知跑到哪儿去了。

库奇、薇珂和梅兰尼娅移到队伍前面去,他们听见广告公司女老板大喊:"放出烟雾!"

桥旁边的两个大管子开始放出白色的烟雾。

"吹风!"

巨大的风扇旋转起来,制造出人造风,在云雾中和红色的背景下,桥看上去很吓人。

这时,梅兰尼娅突然喊道:"听着,我……我不能从那个桥上过去……"

库奇疑惑地看着她。

"你疯了吗？为什么？"

梅兰尼娅不说话了。

"库奇！你不明白吗？"薇珂叫道，"她爱上菲利普了，如果她从桥上走过去，就会忘记菲利普。"

"那又怎么样？你大脑又不会出什么问题。"

"我不想忘记菲利普，永远都不想！"梅兰尼娅喊道。

"好吧。"库奇说，"你待在这儿。"

"如果成功了，你们就给我一个信号。这样。"

梅兰尼娅用手比划了一个十字。

"如果没成功呢？"

梅兰尼娅用手比划了一个圆圈。

"但是肯定可以成功的，你们要照顾好菲利普。"

梅兰尼娅躲到满是摄影机的大卡车后面去了。

她坐在红椅子上。

小胡子男人大喊道："注意！现场安静！"

群众演员静下来了，探照灯亮了起来。

格莱塔站在制造烟雾的机器中间大叫道："开拍！"

她的喊叫声在威尼斯的屋宇间回荡，形成了阵阵回声。

"开拍……开……拍……"

孩子们跑了起来，薇珂和库奇带着装有菲利普的小篮子跑在队伍前面。他们面前是空空荡荡的学院桥,巨型的探照灯照射着他们,人造风吹起了他们的头发,摄像机在他们的头顶追踪他们。孩子们跑到了桥上,木板在他们脚下隆隆作响。

"库奇……你觉得这桥真的有魔法吗?"薇珂小声问,"菲利普真的能恢复健康吗?"

"当然!红椅子不会骗我们的。"

他们和其他群众演员们跑到桥的中央。马上就到了!还有几步就通过了!

"停!停下!"格莱塔大叫。

群众演员们乖乖地站住了,薇珂和库奇也不得不停下,他们不安地相互望着。小胡子男人跑了过来。

"你们怎么不叫啊?你们忘记每个人都要喊叫吗?咱们从头来。回到起点。"

群众演员们不情愿地走了回来,薇珂和库奇站在桥中央,薇珂小声说:"我们怎么办?"

"我们不能回去,回去魔法就无效了。"库奇说,"咱们走过去。"

他们跑了过去,远处传来呼喊:"哎,你们站住!你们没听见吗?快给我回来!"

库奇和薇珂没有停,跑得越来越快,马上就要跑到桥的另一头了。

格莱塔大叫:"杜杜!马上去抓住那些白痴!"

小胡子男人追着孩子们跑了出去。他距离孩子们只有一步之遥,很快就能抓住他们。

"库奇!"薇珂大喊,"笑气!快!"

库奇忘记自己的武器了。他抓起手枪,按下扳机,一团粉红色的烟雾立刻向小胡子那边飞去。

小胡子男人一下子停住了,然后开始狂笑。他的笑声让人想起大象的叫声,更为重要的是,他没法继续追孩子们了。他躺在地上大笑不止,手脚在空中挥舞。库奇和薇珂迅速跑过桥,他们的鞋子敲击着桥上的木板,还有二十步。十步……到了。

"我们通过了!我们通过了!"

他们停在桥对面的广场上,库奇上气不接下气地喊道:"成功了!成功了!"

"等等!别慌!我们先看看菲利普怎么样了!"

薇珂小心翼翼地打开篮子,他们低下头,缩小的菲利普还在睡觉,看上去很苍白。

"看上去并没有好转……"薇珂不安地说。

"嗨!老哥!醒醒。魔法恢复了!"薇珂叫道,"菲利普!我们给你施了魔法。"

缩小了的菲利普费力地睁开了眼睛。好像在说什么。

他们凑近去听他发出的微弱声音。

"我爱ZU女孩。"菲利普喃喃地说,"我要找到她……ZU女孩……我要找到你。"

然后他就闭上了眼睛。

"库奇!你听见了吗?他还受魔法的控制!"薇珂喊道,"这桥没有用!"

"也就是说,红椅子骗了我们!"库奇失望地叹息,"骗了我们!"

他们两个人面面相觑,没了主意。

"得告诉梅兰尼娅。"库奇失望地说。他们把放着菲利普的篮子随手放到桥上。篮子翻倒了,库奇却没注意到,他看着桥的另一边,梅兰尼娅正在那里等着。

库奇举起手,做了个圆圈的手势。

梅兰尼娅看见库奇用手比划了一个圆圈。这就是说没有成功!

他们把所有的办法都用尽了,冒着生命的危险! 但是还是没能拯救菲利普。这全是她一个人的错。是她,让菲利普陷入诅咒的!

她站在那儿,失望至极,非常无助,这时她脑中突然闪过一个想法。

如同电光一般,灵机一动。

她知道该怎样做了!非常的简单!

但是有着致命的危险,对她来说非常的危险。

但是她知道,只有冒这个风险,才能拯救菲利普。

她抓过红椅子跑了起来,她身旁的摄影机跟着动了起来,但她并没有注意,她必须找到一个只有她一个人的地方。

格莱塔·福罗根正坐在满是显示屏的小车里面,她还在骂小胡子男人白痴,小胡子男人还躺在地上大笑,突然之间格莱塔停止大叫,站了起来。

她紧张地看着屏幕。

屏幕上一个女孩拿着一把红色的椅子,向广场的方向跑去。

格莱塔跳到屏幕前面,几乎要把脸贴到屏幕上去了。

"就是她!"她大叫。

格莱塔风一般地跑到门口。

库奇和薇珂看见梅兰尼娅跑了起来,他们觉得梅兰尼娅一定是想通过其他的桥跑过来和他们会合。

"薇珂,过来。我们坐在这桥上傻等也不是办法。"

库奇回过头,去拿装菲利普的小篮子。但是篮子不见了!

12

梅兰尼娅跑过小巷,寻找着能让她一个人待着的地方,来实现她最后也是最重要的魔法。

但是她没有看见,格莱塔·福罗根正跟在她后面。文身女人偷偷地跟着她,躲藏在门后,如同被催眠了一般死死地盯着红椅子。

库奇和薇珂沿着运河行走,时不时停下来,看看运河里有没有漂着菲利普的小篮子。

"在那里!"薇珂大叫道。在栈桥旁边的水里,漂浮着小篮子和菲利普。

库奇趴在岸上:"薇珂,你抓住我的腿!"

薇珂抓住他的脚踝,然后库奇尽最大的努力探出身子。他用尽全力够到篮子,把篮子拖到岸边。

但是他的哥哥并不在篮子里。菲利普不见了。

吓坏了的库奇低声说:"薇珂,他掉到水里了。"

约瑟夫把摩托艇停靠在学院桥旁边,然后将公司预定的小房子和小桥的模型拿了出来,还有装小人模型的小盒子。当他把盒子放到栈桥上的时候,他看见,一个小人正漂在栈桥边的运河里,小人躺在一片叶子上,正随着水漂浮着,一定是从盒子里掉出来了。

约瑟夫捞起小人,他发现小人竟然是温暖的,这可真奇怪。

他小心翼翼地把小人放到纸盒里。

梅兰尼娅看到一个古老的宅子开着大门,于是她走了进去。

她看到一个院子,一只黑色耳朵的小白猫站在房顶上望着她。

不一会儿跑来另外的猫,但是并没有人,梅兰尼娅可以在这里施魔法了。

格莱塔·福罗根从门口探头进来,看着梅兰尼娅。她文在头顶的眼睛闪着吓人的光。

猫咪喵喵叫着,发出警告声,但是梅兰尼娅并没有注意。

她坐在红椅子上,犹豫了一会儿,然后她就说出了她最重要的愿望。

魔法立刻起效了。梅兰尼娅感到非常疼痛,似乎有人在拉扯她的身体一般,但是这要命的疼痛仅仅持续了几秒钟。

格莱塔·福罗根看着梅兰尼娅施魔法,她的指甲紧紧地抠进墙壁,因为太用力,导致她的指甲尖都抓裂了。

眼前的一切简直不可思议。

魔法结束了。梅兰尼娅缓缓地站起来,她转了转头,然后走到河边,弯下腰看着水中自己的倒影。

ZU广告上女孩子的脸在水里看着她,梅兰尼娅变得和广告上的女孩一模一样!她不再是她自己了,她把自己变成了广告上的女孩。

梅兰尼娅想到的就是这个主意。

如果菲利普遇到了他所爱的女孩,他就会康复!

只有这样!因此梅兰尼娅必须牺牲自己变成那个讨厌的ZU女孩!

因为桥没有法力,因此这是拯救菲利普的唯一方法。

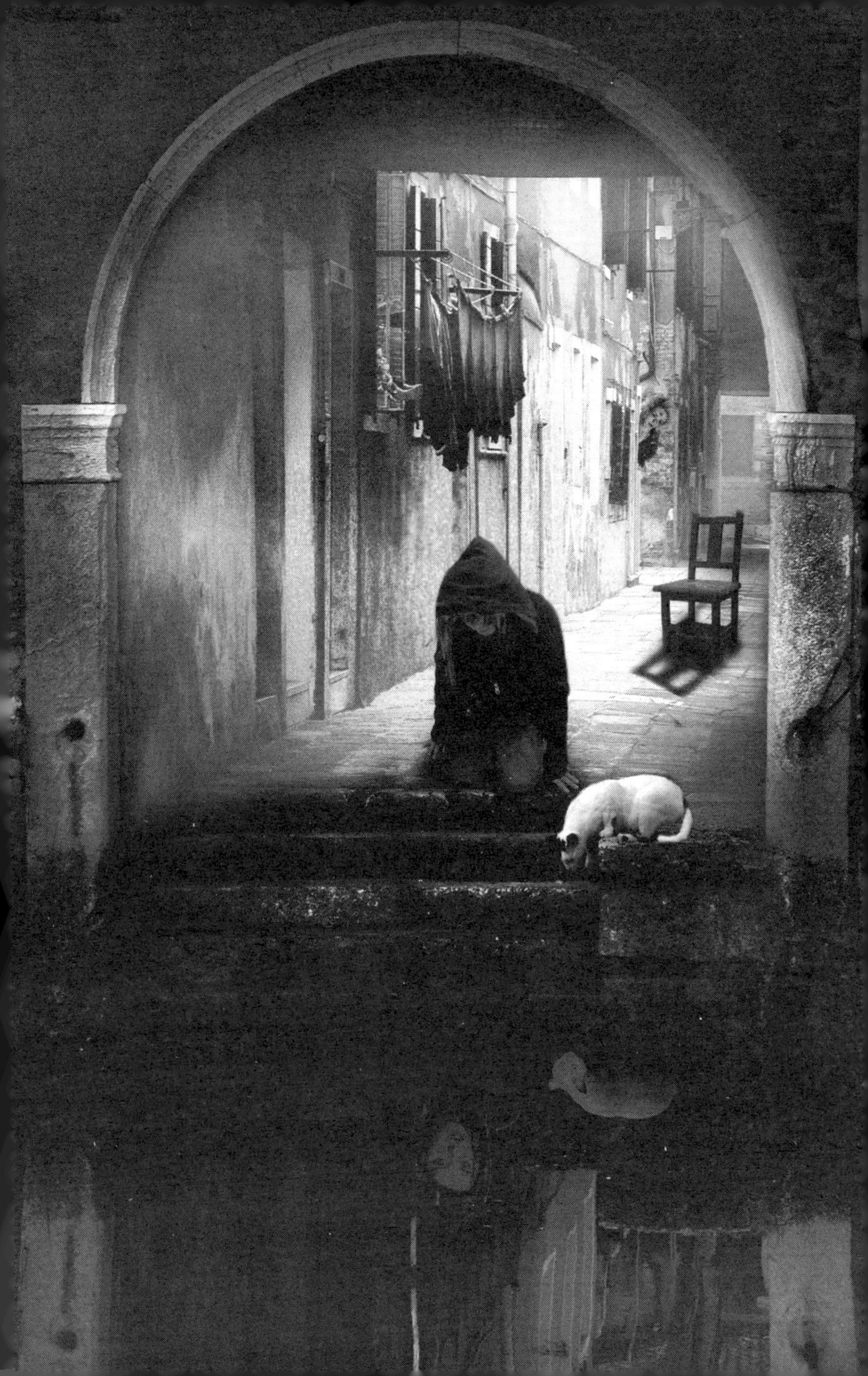

梅兰尼娅看着自己的倒影。她现在有十六岁,头发染了色,眼睛化了妆。她很漂亮,但是梅兰尼娅却哭了出来,因为她不想变成这样。

她为自己失去了从前的相貌难过了一会儿,然后突然想起菲利普。她必须去找他。

她转过身去拿椅子,却呆在原地。

红椅子上坐着格莱塔·福罗根。"你好漂亮啊!"广告公司女老板低声说,"但是这张脸可是我想出来的!这可是有版权的,你不知道吗?因为你偷走了我的想法,我现在就拿走你的椅子!"

梅兰尼娅大喊:"还给我!"

但是梅兰尼娅的声音消失了。她的嘴唇在动,但是她一点儿声音都发不出来。梅兰尼娅拼了命地大喊,但还是不行。她变成了哑巴!

格莱塔笑了起来。

"你应该不会说话呀!你的脸是广告啊,广告哪儿会说话啊,真是!"

梅兰尼娅向她跑去,去夺椅子。

格莱塔看见屋顶上的猫。

"小猫!快管管这小孩子!"她笑着大叫,"快去追她!快!"

魔法迅速起效。猫咪们喵喵叫着追赶梅兰尼娅,有将近一百只猫在追她。它们又抓又咬,就像小老虎一般。可怜的梅兰尼娅只得落荒而逃。猫却一路追了过去。格莱塔看都没看他们一眼,重新坐回椅子上。强大的法力让她近乎疯狂。现在她可以想做什么广告就做什么广告了!没有人能做得比她更好了!她可以控制别人了……她可以做任何事情了!格莱塔的脑中盘旋着疯狂的想法。

在站起来之前,她说出了她的愿望。

当魔法起效后,她看着自己的倒影。她满意地笑着,抓起红椅子跑向桥的方向。

变成ZU女孩的梅兰尼娅沿着运河边的小巷奔跑,成百只愤怒的猫咪追赶着她。这一双陌生的腿脚让梅兰尼娅跑得很不协调。她绊了一下,摔倒在地。猫群追上了她。梅兰尼娅四处张望,想要找个能掩护的地方。

她看见栈桥旁边的贡多拉船,正是他们变出来的贡多拉船!梅兰尼娅跳上船,努力想要解开绑在船柱上的绳子。在最后关头她终于解开了。这时猫群已经跑到了码头。梅兰尼娅推开船,顺流而下。猫群疯狂地叫着,跑到岸边,它们沿

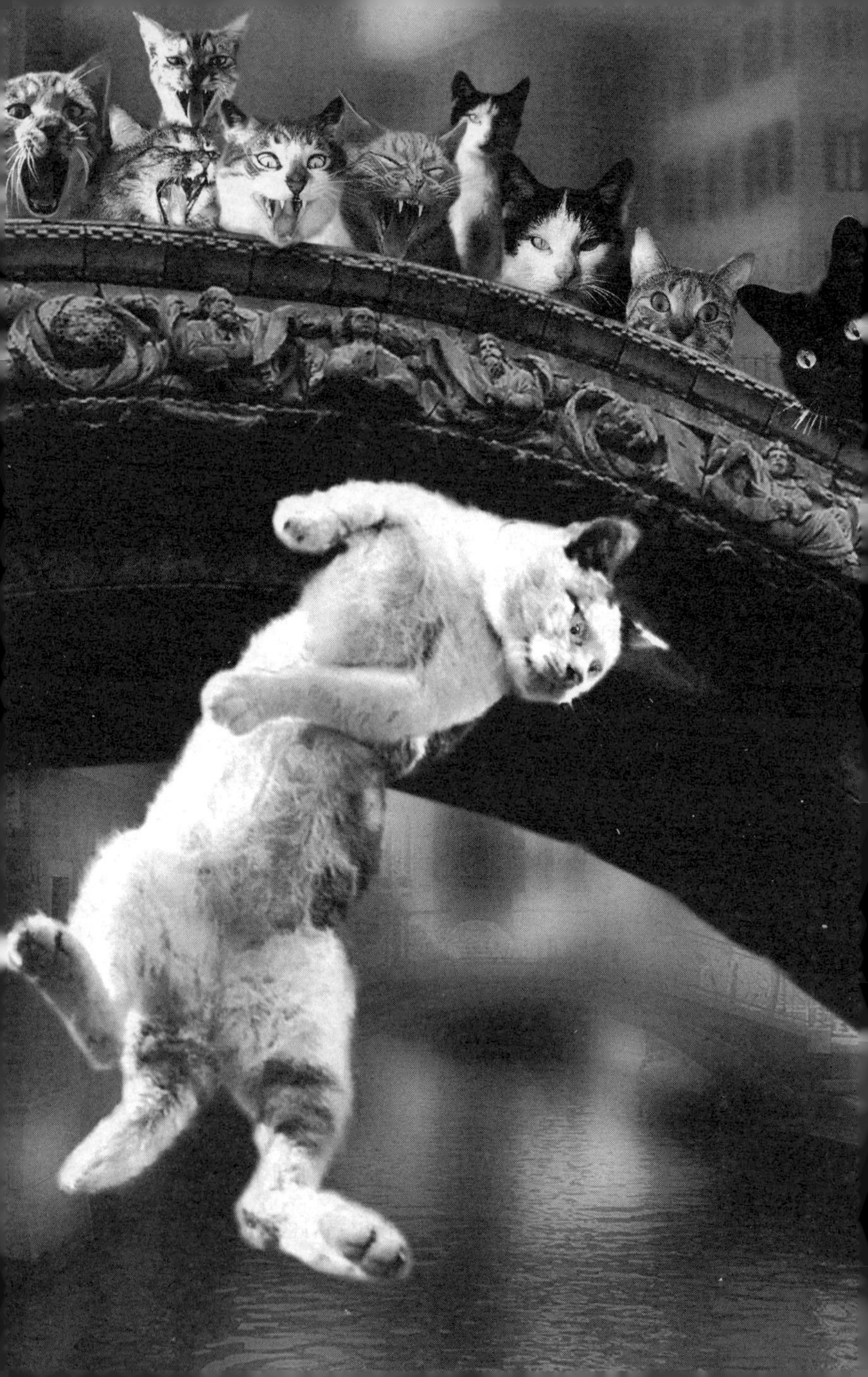

着岸边追赶贡多拉船,跑过石头桥。它们躲在桥上,准备等船漂到桥下时跳上去。

梅兰尼娅无法停住船,水流正把她送到桥边。

她疯狂地摇桨,希望能以最快的速度通过。猫群疯狂地喵喵叫着,但是只有一只黑耳朵的白猫勇敢地跳了出去,它像老虎一样纵身一跃,却没能跳到贡多拉船上。小猫掉到了水里,无助地喵喵叫着,渐渐沉了下去。梅兰尼娅心软了,她捞起小猫,把它安全地放到贡多拉船上,然后用自己的衬衫擦干小猫的毛。

小白猫凝视着她,魔法产生的愤怒全部消失了。小猫跳上梅兰尼娅的膝盖,抱住她,轻轻地发出呼噜声。

约瑟夫把桥放到模型中央。精心制作的橡木桥是那世界闻名的学院桥完美的模型。他将宫殿和房子的小模型摆在桥的旁边。缩小的威尼斯模型外面罩了一个厚玻璃罩,因为约瑟夫所制作的一切都会被大量可口可乐淹没。疯狂的制片商想要拍摄威尼斯被可口可乐冲毁的镜头!通过电脑科技可以使可乐看起来像真正的洪水。

"真是愚蠢的想法!"约瑟夫想道,"把威尼斯淹没在可口可乐里!"

约瑟夫开始把小人放到模型上。小人都是根据真实模特制作的,穿着衣服。约瑟夫将最后一个小人放到桥上,站了起来。

"完成!"他喊道。

但是他没有注意到,桥上有一个小人睁开了眼睛,慢慢地抬起了手。

梅兰尼娅将贡多拉船停靠在学院桥旁边,然后坐在船上。她必须找到库奇和薇珂,最重要的是,她要找到菲利普。

小白猫和她一起跳下船。梅兰尼娅观察四周,发现那群发疯的猫没有跟过来。于是她跑向桥前方的广场,跑过一个玻璃缸,继续往前跑。

这时她听见一阵喵喵声。

小白猫站住了,隔着玻璃罩凝视着里面的木桥。喵喵大叫。

梅兰尼娅也转过头去,然后她向大玻璃缸跑去。

因为在玻璃后面的小桥模型上,竟然站着菲利普。

梅兰尼娅想大叫,但是现在她发不出声音。她用力击打着厚厚的玻璃,并挥舞着双手。

菲利普看到了她,看到了他爱着的ZU女孩!

但是女孩看起来犹如在云雾中,因为菲利普还在生病,药物的作用还没有消退,但是菲利普向着她的方向跑去。他像梦游一般走过小桥模型,只是盯着ZU女孩看。这时意想不到的事情发生了。

桥上的小灯亮了,然后整个桥令人惊讶地闪亮起来。随着男孩子的脚步,魔法桥逐渐变亮。桥的力量影响着菲利普,他跑得越来越快了。最后,菲利普终于跑到了桥的另一端。神奇的亮光立即熄灭了。

菲利普站住了,眼睛睁得大大的。

咒语终于解除了。魔法消失了。菲利普觉得仿佛从噩梦中醒来一般。

他一瞬间忘记了ZU广告上的女孩。

他不再关心她了。魔法不再束缚他了。他自由了。

他的心脏恢复了正常的跳动。他重新拥有了力量。菲利普回来了。战士时刻准备着面对危险。他康复了。

菲利普看看四周,第一次发现自己处于一个怎样的环境中。

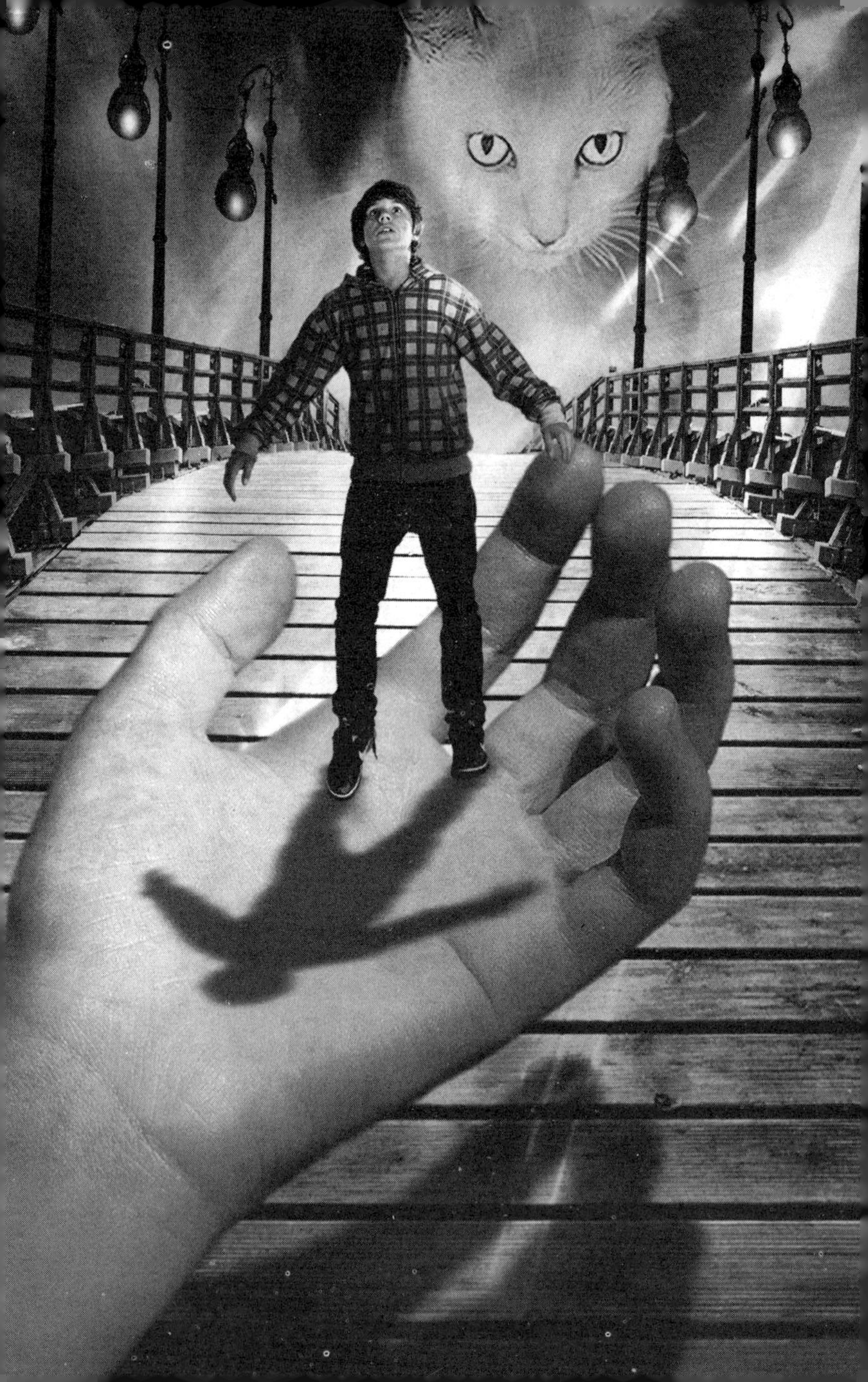

他吓得大叫起来,因为现在他才发现他像老鼠一样小。

"你疯了吗?"小胡子大叫道,他看见格莱塔正向他跑来,"你去哪儿了? 12点钟我们要给电影加特效!大家都在等着,而你……"

突然他停止说话了,迷惑地看着格莱塔。她头上的眼睛文身变成了真正的眼睛。那眼睛一眨一眨的,还四处张望。格莱塔有了第三只眼睛!

"你如何做到的?"小胡子男人叫道。

"我现在无所不能!懂吗?无所不能!"

格莱塔将红椅子放到桥上。

"你们想要洪水吗?你们想要真正的洪水吗?那你们打开摄影机就行了!"

梅兰尼娅找到了玻璃缸的出口,然后她走过去,蹲在菲利普身边。

变小的菲利普被吓到了,大喊大叫。他厌恶地看着巨型女孩,他现在很讨厌广告牌上的模特。

"走开,你这怪物!"他大叫。

梅兰尼娅想告诉他自己的真正身份,但是现在她发不出一点儿声音。

她伸出手,想将菲利普拾到手上,但是菲利普大叫一声,在梅兰尼娅的手上咬了一口,然后他就逃跑了,留下梅兰尼娅一个人。

"摄影机开拍!"

格莱塔慢慢坐到红椅子上。

"洪水!大洪水!"她大叫道,"开拍!"

远处传来吓人的轰轰声,声音不断增大,越来越近。

迷惑的摄影师们看着洪水从大运河滚滚而来,波涛汹涌。但是洪水的颜色改变了,洪水变成了深红色。河水竟然变成了可口可乐!只见水位不断上升,冲上河岸!几百万吨可口可乐冲进威尼斯的房子和宫殿里。卷走了贡多拉船和水上巴士。甜饮料形成的波浪冲进了城市!这不是什么特效。这全是真的!

摄影师和群众演员惊声尖叫,马上逃跑。只有格莱塔·福罗根稳稳地坐在红椅子上,嘲笑着疯狂的人群。

当可乐形成的巨浪向她涌来时,她只是轻轻说了什么,从水下浮起了一件闪闪发光的东西……

梅兰尼娅追赶逃跑的菲利普,变小的菲利普犹如一只老鼠。她必须告诉他她其实是梅兰尼娅!小白猫紧紧地跟在他们后面。

突然间,梅兰尼娅听见隆隆的水声。她回过头,看见巨浪向她涌来。她还没来得及逃,巨浪就冲了过来,淹没了她。小白猫爬上她的头顶,用爪子紧紧抱住梅兰尼娅,好像一顶毛帽子。梅兰尼娅尝试着呼吸,但是可乐却流进她的嘴里。小猫喵喵叫起来,梅兰尼娅回过头,看见不远处漂着变小了的菲利普,他正拼命地和浪花搏斗。梅兰尼娅游到他身边,伸出手,菲利普犹豫了一下,然后抓住她的手指,爬了上来。

不远处漂着空空的贡多拉船,梅兰尼娅向贡多拉船游去。她手上托着菲利普,游起来很困难。幸运的是,浪花将船推向梅兰尼娅。她把菲利普放到船里,小猫也从她的头上跳到船上。

梅兰尼娅大口喘着气,咳嗽着,把那些甜味的液体吐出去。她似乎听见一些沙沙的声音,小白猫喵喵叫着发出警告。

梅兰尼娅转过头,只见船的另一边坐着被施了魔法的猫群!

很明显在发洪水之前它们就等在这里了。

猫露出爪子,发出低吼,露出锋利的牙齿,猫眼睛里闪着绿光。它们已经准备要发动攻击了!

"不要推我,薇珂!"

"对不起,但是我抓不住了!我要掉下去了!"

"把手给我!"

库奇把手伸给薇珂,把她拉到顶上。

两个孩子正抓着长翅膀的狮子雕像,趴在一根高高的柱子上,只有柱子顶还露出可乐洪水的水面,整个威尼斯都被深红色的甜水淹没了。居民们都跑到了房顶上。薇珂和库奇奇迹般地爬到了飞狮柱子顶,他们拼命地抓住狮子的背部。但是柱子摇摇晃晃的,似乎随时都有可能沉没。从远方漂来一艘贡多拉船。库奇大叫:"薇珂!有船来了!我们跳吧!"

"我游不过去!太远了!"

幸运的是一阵涡流把贡多拉船推了过来,小船开始向飞狮柱漂来。

猫疯狂地跳跃着,对于变小了的菲利普来说简直就是大狮子,而对梅兰尼娅来说一样非常危险。但是这时拯救他们的却是小白猫,它挡在猫群面前,向之前的同伴发出嘶嘶声,露出锋利的牙齿。但是很明显,小白猫无法单独对抗上百名敌人。

"快跳,薇珂!快跳啊!"

当贡多拉船漂过柱子的时候,库奇和薇珂迅速跳上船。他们迷惑地看着船上的ZU广告模特——他们当然不知道这是梅兰尼娅。

"这白痴模特怎么在船上?"薇珂迷惑地问。

库奇没回答她,他看见在船的底部,那里是……

"菲利普!"

库奇把哥哥捧到手里,高兴地大叫:"菲利普!太好了!我们终于找到你了!我们多么担心你啊!菲利普,好哥哥!你在就好!"

而小菲利普则大吼道:"库奇,大白痴!是不是你把我变成小矮子的？赶快承认,就是你干的!"

看起来,菲利普还和从前一样!

库奇高兴得大喊:"菲利普!你终于康复了!"

"库奇!快说,这是怎么回事?"菲利普大叫,"究竟是怎么回事?为什么我比你还矮?"

但菲利普突然停止了大叫。那些猫在库奇和薇珂跳下来的时候,退到了后面,现在又准备进攻了。

"小心!库奇!"菲利普警告说,"那边有疯猫!"

库奇一看,只见上百只猫露出了牙齿,凶狠地嘶叫着,它们的眼睛里闪着绿色的光芒,马上就要跳过来了……

"库奇!用笑气!"薇珂大喊。

库奇从兜里拿出武器,扣下了扳机。

为了确保起效,他扣了好几下。

据说,动物不会笑,但这是不对的。至少对于吸入笑气的猫来说是不对的。

猫们开始狂笑,好像有人挠了它们的胳肢窝一般。它们四脚朝天,挥舞着爪子和尾巴,疯了一样地喵喵叫着,然后突然间所有的猫一下子跳到了屋顶上。可乐的海洋淹没了城市,只有屋顶还露在外面。猫群在屋顶上聚成了一团,开始咕噜咕噜叫。因为猫是咕噜咕噜笑的。

只有小白猫还在贡多拉船里。

"啊,总算摆脱那些猫了!"薇珂松了一口气。

"现在。"菲利普说,"马上把我变回原样!"

但是库奇犹豫地说:"菲利普……这很难,这其实不行。"

"什么?你难道是说我要永远比你小吗!我一辈子都要做个侏儒吗?"

"菲利普,你别生气……红椅子在梅兰尼娅那儿,但是我们不知道她在哪儿……"

坐在船尾的ZU女孩突然开始挥舞双手,这时大家才想起她来。

"她想干什么?"

"你们到底是从哪儿找到那个广告女孩的?"薇珂问道,"她不是不存在吗?"

女孩从口袋里掏出被弄湿的绿色本子,然后给了库奇。

上面全是画。

库奇、薇珂和菲利普看着梅兰尼娅的漫画,画的都是他们历险的故事,画着他们所有的见闻,在画册的最后一页则画着梅兰尼娅变成了ZU女孩。

"你是梅兰尼娅?"薇珂小声说。

女孩点了点头。

"你为什么要变成她?"库奇迷惑地问。

梅兰尼娅没法讲话。

"我知道了!"薇珂说,"她是想救菲利普!"

小菲利普盯着变了模样的梅兰尼娅,但他什么都没说。

夜幕降临,风把他们吹到海上。被淹没得只剩下房顶的威尼斯看不见了。海浪越来越高,拍打着小船。贡多拉船不适合在海中漂流,这种船很窄,容易翻。但是他们又没有办法回到岸上,因为贡多拉船上没有桨。他们的处境非常危险。

突然库奇大叫:"那边儿来了一艘船!"

孩子们抬头一看,远方的海面上有一艘奇怪的闪闪发光的船。那船是透明塑料做的,像霓虹灯一样发着光,灯光的颜色不断变化,船一会儿是粉红色的,一会儿是绿色的,一会儿又是金色的。孩子们向船的方向驶去,他们用手划水,因此划得很慢。幸运的是,那船向他们的方向驶来。

孩子们大叫道:"救命!"但是在发光的甲板上他们一个人也没看见。

浪花把他们送到船边。梅兰尼娅探出身去,抓住梯子。库奇把菲利普放到口袋里,然后大家一起爬上了怪船的甲板。最后——虽然很不情愿——小白猫也爬上了船的甲板。

船上的景象令人惊讶,墙壁全是液晶屏幕!屏幕上显示着三维图像,隐形的音响正放着音乐。当他们走在玻璃的甲板上时,甲板的颜色随着他们的脚步变幻。

"这是迪斯科舞厅吗?"薇珂怀疑地询问。

"喂!"库奇大喊,"有人吗?"

没有回应,甲板上空无一人,他们透过窗户向船舱里看去,只见船舱里面有一张大床漂浮在半空中,床在离地面一米的地方摇晃!床上睡着一个人,盖着银狐的皮毛。

他们小心翼翼地打开门,正在这时闹钟响了,一只留着长指甲的手掀开了皮毛。

孩子们不禁叫出了声,床上睡着的是格莱塔·福罗根。

她的第三只眼睛大睁,警惕地盯着孩子们。

不一会儿她的其他两只眼睛也睁开了。

格莱塔醒了。

"怎么又是你。"她看着梅兰尼娅低声说,"真是烦死人了!"

格莱塔从半空中的床上跳到地板上。

孩子们顿时安静了,迷茫地看着她的第三只眼睛。

"恐怕我必须让你们消失了。"

她拍了拍手,灯马上就亮了。孩子们看见了红椅子,但是在他们跑向椅子之前,格莱塔抢先一步坐到了椅子上面。

"库奇!快对她发射笑气!"薇珂大叫,"快!否则她不知道要把我们变成什么玩意儿。"

库奇迅速拿出手枪,扣下了扳机,但是手枪只是发出小小的声响,并没有笑气发射出来。

"没有子弹了!"库奇害怕地哀号。

格莱塔笑了起来:"你们喜欢我的船吗?很漂亮吧,但是缺乏动力。可小孩子却很有动力,真是浪费,是不是……"

"快逃!"库奇大叫。

但是他们没能逃脱。在他们逃离格莱塔的视野之前,她已经说出了她的咒语。剧烈的风突然袭击了他们所在的船,孩子们被大风卷走了,空气形成一股涡流,把他们从船舱中吸了出去。真是可怕的魔法!不一会儿,他们所有人都失去了意识。

当梅兰尼娅、薇珂和库奇重新恢复意识的时候,他们发现自己在船甲板下面的机房里。

他们正坐在自行车上,就像健身房里的健身单车一样,而他们正疯狂地骑着单车!无法逃走!魔法把他们锁在单车上,逼着他们骑车。

单车上连着黑色的导线,转动的车轮产生电流,驱动着轮船的发动机。他们变成了奴隶!

"我觉得要有麻烦了!"库奇难过地说,"我们可能一辈子都要在这里做工了!"

他们累得快要昏过去,汗水从他们的额头上流下来。

突然间,他们听见有人小声说话:"库奇……"

菲利普从库奇的口袋里探出头来,咒语对他不起作用,因为当时他不在格莱塔视野范围之内!

"菲利普!快救救我们!"库奇大叫。

"别叫。"菲利普小声说,"不要再晃动你的腿了,我可不想掉下去……"

"不行!我必须骑车……"

"好吧。"

小菲利普从弟弟的口袋里爬了出来,顺着他的腿滑到了地板上。

"我先观察观察……"

"快点儿!我们就要不行了!"

"嘘!"

菲利普跑过地板,开始沿着台阶往上爬,这对他而言并不容易,因为一级台阶就有他的两倍高。梅兰尼娅回过头,不安地看着他,尽管她变成了ZU女孩,她仍然爱着菲利普。

菲利普最终爬上了楼梯,来到了甲板上。

对他来说船甲板仿佛体育场那么大。他向格莱塔·福罗根睡觉的船舱跑去,跑到半路就不得不在中途休息一下。就在这时,菲利普被一个阴影笼罩住了,他回头一看,一只黑耳朵的白猫站在他身后。

那猫有他的五倍大,可以像吃老鼠一样把他吃掉。

菲利普跳到一边,在身边寻找武器。

但是什么都没有。

小猫发出友好的咕噜声,轻轻地用胡子蹭他,然后向格莱塔船舱的方向跑去。它回头看着菲利普,希望他跟上来。菲利普半信半疑地跟着小猫往前走,就这样他们走到了船舱。窗户开着。小猫纵身一跳,用爪子抓住窗框,但是它并没有去抓最高的窗框,它的长尾巴在地板上方摇来摇去。菲利普明白了,原来小猫是要帮助他。他抓住猫尾巴,和小猫一起跳进了船舱。

格莱塔·福罗根还在空中飘浮的床上睡觉。

菲利普努力想着办法。他看了一眼窗户,看见窗户大开!

他知道该怎么办了。

小猫饶有兴趣地看着小小的菲利普。他拿起了一卷海报,爬到床边,用尽力气拿起海报卷推动空中的床。充满氦气的床像气球一样向床边飞去,却突然停住了。格莱塔动了一下,幸好没有醒来。

菲利普发现,床其实是由几根线固定在地板上的。他马上开始扯那些线,但是力气不够,扯不断。这时他感到有东西碰到他,原来是小猫在蹭他。它用锋利的牙齿咬住线,撕咬了一小会儿。漂浮床断了线,向窗边滑过去,然后飞出了窗外。不一会儿就飞到了甲板上。风将床吹向大海。船继续向前航行,但是床却越飞越远,向海中飞去。

菲利普有点担心格莱塔会淹死,但是床充满了氦气,因此不会沉到水底……

他开始寻找椅子,找遍了船舱中的每一个角落,但是船舱里没有红椅子。他又找了船甲板和其他船舱,可是哪儿都没有红椅子的踪影。

⑬

冷风吹醒了格莱塔,她迷惑地看着四周,无边无际的大海让她陷入恐惧之中。

"那些臭孩子是怎么做到的?怎么做到的!"

但是她马上就静了下来,小心翼翼地揭开毛皮被子,红椅子从被子里露了出来。原来她带着红椅子一起飞了出去!

格莱塔·福罗根坐到椅子上,看着在水平线上发光的小船。

"既然我已经不需要了,那就让它消失吧。沉没!"

然后她舒服地躺到床上,向岸边飞去。

轰!船底的阀门爆炸了,从炸开的窟窿里涌进水来。

"我们要沉了!救命,菲利普!"

梅兰尼娅、库奇和薇珂惊恐地看着海水涌进机房,因为他们被魔法诅咒,所以没有办法从自行车上逃脱。

"菲利普!快救救我们!"

轰!电线短路了,电源断了,灯光熄灭了,不一会儿水位就涨到了他们的腰部。小船要沉了。

菲利普冲到船长间,那里有轮船的控制面板,但是变小的菲利普够不着。他试着沿金属的桌子腿爬上去,但是太滑了,总是掉下来。这时白色的小猫爬到菲利普旁边,菲利普马上骑到猫背上,小猫跳上了控制面板。

这时,洞里涌出来的水持续上涨。已经涨到孩子们的肩膀那么高了,还有几十厘米就要彻底淹没他们了!

"菲利普!"库奇绝望地大叫,"你快点儿啊!"

菲利普非常紧张,面板上有几百个按钮,但是因为没有电,大多数按钮已经不能使用了,只有一个写着SOS的红色按钮发着光。这是求救按钮!

菲利普伸手按它,但是按钮一动不动。因为菲利普变小了的手一点力气都没有,无法按下按钮,菲利普灵机一动,迅速用两只脚踩下了发光的按钮。

刷!按钮踩下了,警报声响起,甲板上发出了信号弹,一、二……十个!烟火飞向空中,在船上方炸开。金色和红色的信号弹显示出他们的位置,并发出了救援信号!

菲利普看向窗外。大海空空荡荡。并没有其他船只行驶过来援救他们。

菲利普顺着桌子腿滑到地板上,冲到机房。

机房里的水已经涨到孩子们的脖子那么高了,很快库奇、薇珂和梅兰尼娅就不能呼吸了!

"菲利普!救救我们!"

但是小菲利普根本没法救他们,他什么也做不了!

突然间,一束光从甲板上照下来,探照灯扫射着甲板。菲利普抬头一看,一架直升飞机向他们飞来。银色的飞机降落下来,发动机的轰鸣声淹没了其他声音,飞行员精准地将直升飞机降落到甲板上。从机舱里走出来一个穿条纹衬衫,头发灰白的老人。他听见孩子们在甲板下的呼救声,迅速冲到机房。

"我来救你们!"

"鲍比罗比!"孩子们大叫,"快救救我们!快……"

他们说不出话来了,因为海水流到了他们的嘴里。

"快!马上!"机器人大喊,迅速将孩子们从自行车上救下来,带他们来到甲板上。他们必须迅速,因为船已经沉到海里了。鲍比罗比把孩子们送到直升机里。库奇大喊:"鲍比罗比!还有菲利普!快去找菲利普!"

机器人四处张望,没有菲利普的踪影,他突然听见猫的叫声。一只小白猫坐在沉船的桅杆上,而它背上坐的正是菲利普。鲍比罗比跳过去抱起猫和菲利普,然后迅速冲到直升飞机边上。水溅湿了他的鞋子,因为船已经全部沉入了水中。机器人带着孩子们和小猫启动了直升飞机。随着发动机的轰鸣声,直升飞机升到了空中。这时船被一股巨大的涡流卷走,沉入了海底。

大家在海上飞行,刚刚从之前那场致命的冒险中回过神来。

"鲍比罗比,你飞过来真是太好了!"

"是很好,非常好!"

"不好!"菲利普大叫,"我还是个小矮子,而梅兰尼娅变成了ZU女孩。我们丢了红椅子,我们两个只能一辈子这样了!"

大家陷入了沉默,这的确是个问题。

"也许……"库奇小声说。

"什么也许?"

"也许你可以适应一下,适应一下你自己虽然稍稍变矮,但是……"

"稍稍! 我比耗子还小呢! 比你还小!"

"哎！你们看……"薇珂大叫,"下面是什么东西?"

孩子们把脸贴到窗户上,水上漂浮着一个奇怪的东西。

"鲍比罗比！快飞低一点!"

直升飞机降下去,他们看见格莱塔·福罗根躺在漂浮的床上！而她的旁边是……

"红椅子在那儿!"

直升飞机的轰鸣声吓了格莱塔一跳。她看见窗边孩子们的脸,然后立即坐到红椅子上。

"快躲起来!"薇珂大叫,"她要咒我们!"这是肯定的。孩子们没想到那是格莱塔。但是要躲已经太迟了。

她的第三只眼睛看着孩子们,格莱塔·福罗根开始说咒语,肯定不是什么好咒语!

这时梅兰尼娅一下子打开直升飞机舱门。

"梅兰尼娅,快停下!"薇珂吓坏了。

但梅兰尼娅向格莱塔的方向跳去,现在他们离海面大概有十米高。她像超人一样飞了出去,正好跳到格莱塔身上。梅兰尼娅从来没打过架,因为她没有兄弟姐妹,人也胆小,但是她现在愤怒至极。"女人仇恨",正是这种给她们带来不幸的仇恨,把胆小的梅兰尼娅变成了凶狠的老虎！在格莱塔说出咒语之前,她把椅子抢了过来。但是格莱塔比她高大、强壮,她抓住梅兰尼娅的胳膊。这样僵持了一会儿,格莱塔就要将梅兰尼娅推到水里去了。突然间,格莱塔放开了梅兰尼娅,痛苦得大叫起来:"啊啊啊!"

原来是变小了的菲利普跳到她头上,咬了她的耳朵。梅兰尼娅一下子将尖叫的广告公司女老板推开,格莱塔掉到水里。菲利普从格莱塔头上跳了出去,梅兰尼娅一把抓住他。不一会儿,格莱塔从水中浮了起来,疯狂地挥舞着胳膊,向城市方向游去。

突然一声巨响,原来是漂浮床因为胀气爆炸了。

梅兰尼娅和菲利普掉到水里,还好鲍比罗比降落了直升飞机,把他们两个人和红椅子都拉到机舱里,然后起飞了。

"梅兰尼娅,你好棒啊!"菲利普大喊。

"你也是。"梅兰尼娅想说话,却发不出声音。

已是黎明时分,第一缕阳光照亮了被可乐淹没的威尼斯城。现在孩子们才意识到这场灾难是多么严重。

红色的海洋中,只有几个屋顶露出来。一些屋顶上站着恐慌的人群,他们正在寻求着救援,其他人则乘船逃命。

"这是干了什么啊……"库奇害怕地说。

"可这不是我们的错。"

"有我们的因素。如果我们不来,也不会发生这场灾难。"

"我们必须将一切复原。"

"但是谁来许愿呢?梅兰尼娅还不能说话!"

"听着。也许鲍比罗比可以施魔法?"

"可他是个机器人!"

"那又怎么样?我们可以试一试。"

"鲍比罗比,请坐下吧。"

"好的。没问题。"

机器人坐在红椅子上,梅兰尼娅和其他人都紧张地看着他。

"我要说什么?"机器人说。

孩子们相互看着彼此。如果机器人能够施魔法的话,他们必须机智地表达出他们心中的愿望,绝对不要再出现更多的麻烦了。

"你们必须把我变大。"菲利普说。

"要让梅兰尼娅恢复原样。"库奇说。

"让洪水退下去。"

"回家。"

"不可能一下子说那么多!"薇珂喊道。

"可以。没问题。"

孩子们惊讶地看着机器人。

"鲍比罗比,你有什么想法吗?知道这该怎么处理吗?"

"知道。"机器人说,"我知道,但是……"

"但是怎么?"

机器人沉默了,他的表情有些悲伤。

"说吧。"

"我知道该怎么许愿。"机器人非常难过地开了口,"但是,这就意味着鲍比罗比要消失了。"

"你说什么? 为什么?"

"他说什么呢?"库奇小声问。

机器人难过地看着孩子们,在椅子上坐直身体。

"他想干什么?"

孩子们紧张地看着机器人。

他说:"我希望……我非常希望时光可以倒流,倒流回最初的想法形成的时候。"

有那么一会儿什么也没有发生,然后红椅子听见了愿望。接着天旋地转,孩子们在一瞬间看到了时光,而他们可能是世上唯一见证这一景象的人。之后是一片耀眼的白光,刺得他们睁不开眼睛,在这道光芒中悲伤的鲍比罗比与他们点头作别,再之后一切都湮没在广阔而闪耀的白光之中。

当景象重新出现的时候,他们看见威尼斯重新沐浴在和煦的阳光里。游客们平静地漫步在城市中,运河里水流和缓。时光倒流了,他们回到了从前。千里之外,在一座小房子里有人正在过生日。

菲利普高兴地笑着,遥控着小直升飞机。客人们都在等生日蛋糕。

在隔壁的房间里,梅兰尼娅正坐在红椅子上。看着门口的方向。透过彩色玻璃,她看见客厅里的菲利普。

梅兰尼娅本来要说出愿望的,她想要变一个蛋糕出来……但是她却没有说,她看着菲利普,静静地听着他的笑声。突然她坐直身子,直视着菲利普,说出了法力巨大的咒语:"我希望菲利普会爱上……"

她没说完。有什么东西从她衣服口袋里掉了出来,梅兰尼娅弯下腰,看见一个绿色的笔记本。笔记本上全是画!她翻开几页。看着未来发生的故事。真是可怕的魔法。山洞、威尼斯、桥和洪水……她回忆起了一切!

梅兰尼娅又看了一眼菲利普,清晰无误地说:"我要一个生日蛋糕,送给菲利普。"

于是,她改变了未来。时间转向了另一条轨道。

灯光熄灭了。客人看到烛光中梅兰尼娅捧着蛋糕,都惊讶地叫了起来。蛋糕非常大,顶上有糖做的小桥,桥上站着巧克力做的菲利普人偶。十三根蜡烛闪耀着不同的光彩。当梅兰尼娅收回手时,蛋糕居然没有掉下来!蛋糕飘在空中飞向菲利普。"说出生日愿望,然后吹蜡烛!"梅兰尼娅轻声地说。

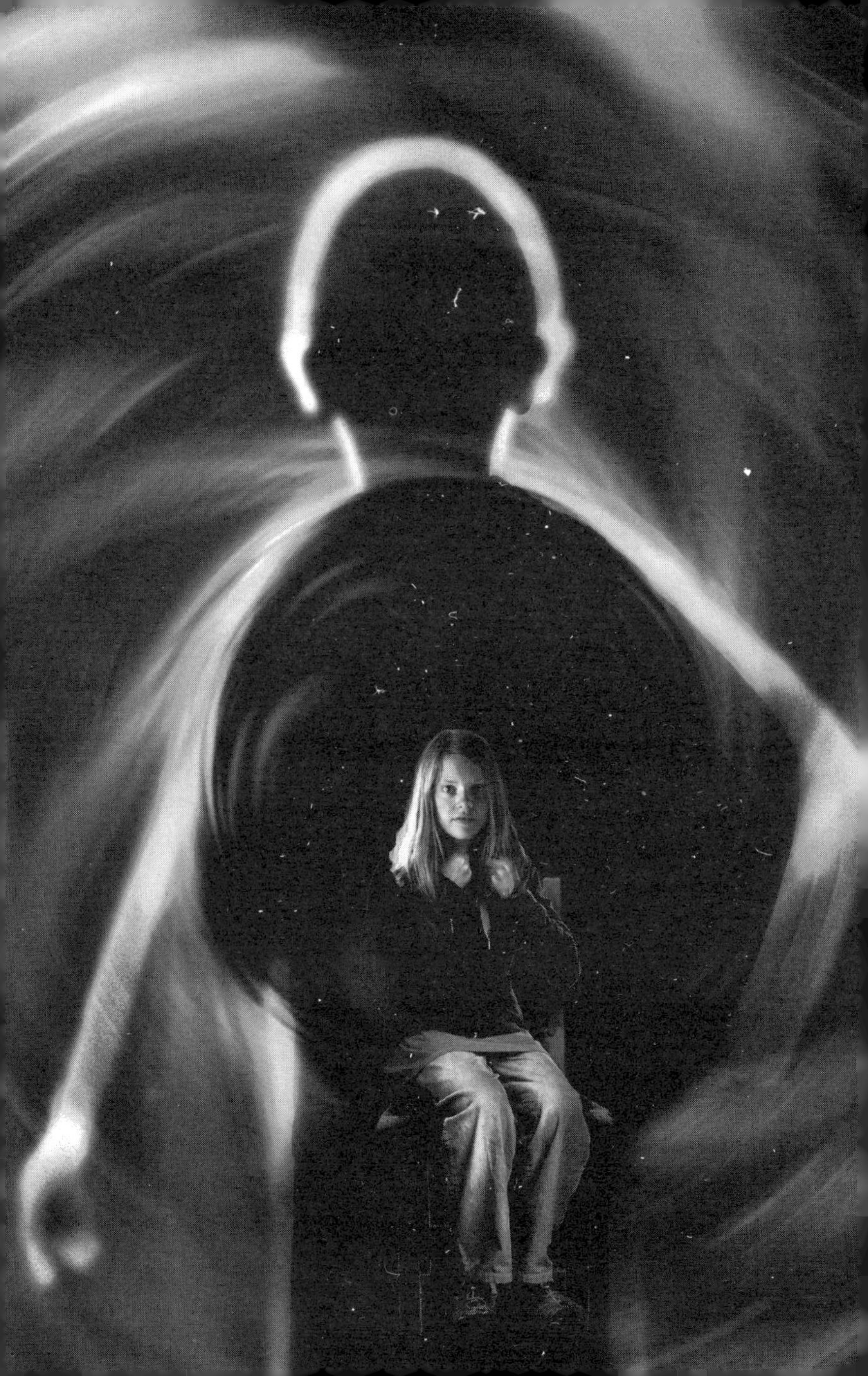

菲利普吹灭了蜡烛,一时间陷入了完全的黑暗。当妈妈点亮灯光时,梅兰尼娅已经不见了。

晚上,菲利普发现一本绿色的笔记本。他看到他们的冒险故事,一连看了几个小时。当他看到梅兰尼娅把他放到手里保护起来,而自己却被大雪覆盖时,他久久不能将目光从画上移开。夜半时分,菲利普爬起来悄悄走到阳台上。他翻过栏杆,抓住广告牌的边缘,滑到梅兰尼娅家的阳台上。他隔着玻璃看着睡着的女孩,轻轻地敲了敲窗。梅兰尼娅睁开眼睛,抬起头迷茫地看着菲利普,然后她跑到窗户边。

"嗨……你忘了这个……"菲利普小声说,把一本绿色的笔记本递给她。

"谢谢……你怎么跑到这儿来了?"

"很简单,顺着广告牌下来的。我得走了,否则就把你妈妈惊醒了。"

"菲利普……"

"怎么了?"

"小心,别摔了。"梅兰尼娅小声说。

"好吧……拜拜!"

"等等。"

"怎么了?"

"你有没有去过屋顶?"

"哪儿?"

"屋顶。"

"屋顶?"菲利普惊讶地说,"我去过一次。"

"我还没去过呢。"

"想去吗?"

"嗯。"

不一会儿,他们两人就坐到了屋顶上。月光闪耀,梅兰尼娅和菲利普吃了点软糖,然后回忆起不久之前的未来。而菲利普不止一次地说:"梅兰尼娅,你好棒。"

而在遥远的威尼斯,小猫牛奶则躺在约瑟夫的头上,犹如一顶柔软而温暖的帽子。它吃过酥糖,发出小小的咕噜声。

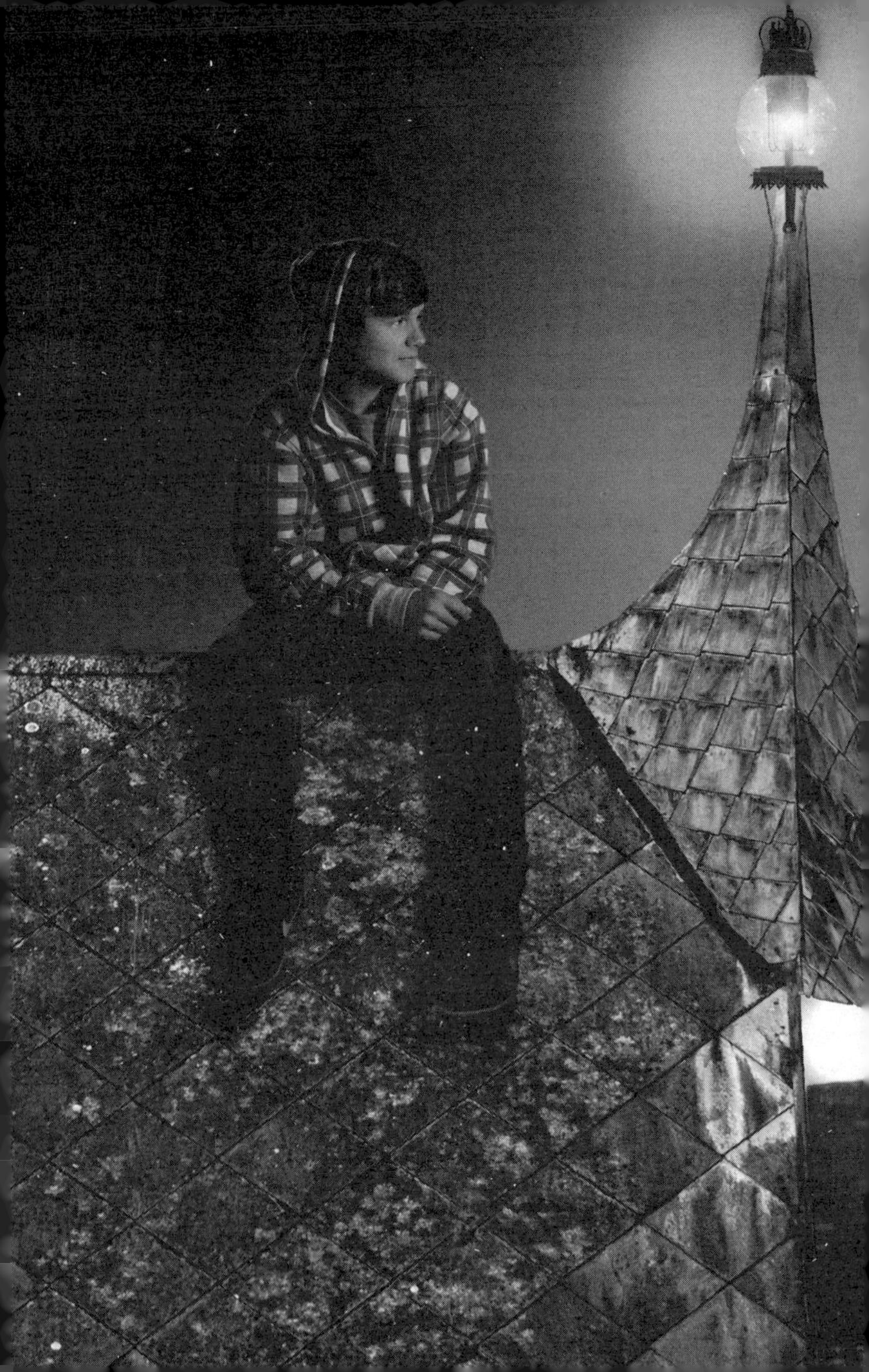

恶作剧之神的自白，
不一样的北欧神话！

洛基启示录

继《雷神》《复仇者联盟》之后
对洛基的再次颠覆！

[英]乔安娜·哈里斯 著
尤里 译

"唯恐棍棒，何惧人言"，中庭的神祇们是这么说的。
如果语言运用得当，任何人都能凭空创造一个世界。
如尼符文如何落入奥丁之手，雷神的武器怎样失而复得，
一根树枝为什么会让光明神丧命？
这些故事已经有许多人讲过，这次就换个花样，从邬人开始吧。
邬人是天庭诸事的见证者，也是诸神黄昏的导火线。
是八足马、魔狼和巨蛇的父亲，也是众神之父的兄弟。
邬人——洛基，混沌的野火，饱受误解之人，
神秘莫测，英俊而谦逊的主人公。
迄今为止，历史总是让邬人扮演吃力不讨好的角色。
但现在，诸位，
仔细聆听，您将听到一个前所未有的北欧神话……

**欧美百万级畅销书《浓情巧克力》作者酝酿数年携新作重磅出击，
品质保证，不可错过！**

艾尔蒙哲三部曲 卷一

废物庄园

《圣诞夜惊魂》式的奇诡想象 英国鬼才作者的讽世之言

【英】爱德华·凯里 著 金国 译

"詹姆斯·亨利"是一只普通的浴缸塞子,大多数水槽里都会用到。
但我把詹姆斯放在自己的口袋里,他是我的出生信物。
每个废物庄园的居民都有独一无二的出生信物,终日寸步不离。
洗碗布、钳子、茶几、水龙头……
这些小东西没日没夜在我耳边絮叨,我听得见它们的声音,
因为我是克劳德·艾尔蒙哲,废物庄园的主子之一。

突然有一天,奇怪的传染病袭击了所有人,
怪物开始在角落里出没,大家再也没有醒来。
太可怕了,太可怕了,发生了什么,谁能来拯救我们?

我和女仆露西·佩纳特发现了废物庄园里隐藏了半个世纪的惊人秘密,
现在,我一定要告诉你们真相……

- 与《圣诞夜惊魂》《查理的巧克力工厂》导演蒂姆·波顿神似的创作风格——英国鬼才作者爱德华·凯里以奇诡的想象力和娴熟的叙事技巧将读者带入充满惊奇的世界!
- 如《哈利·波特》般融合了奇幻、童话及浓郁英伦风情元素,又带有更深刻的对社会的反思!
- 封面及全书插图由作者亲手绘制,更附上完整版庄园结构图,绝对值得珍藏!